Edição revista pelo autor.

O Supertênis
© Ivan Jaf, 1995

Diretoria editorial Lidiane Vivaldini Olo
Gerência editorial Kandy Saraiva
Edição Camila Saraiva

Gerência de produção editorial Ricardo de Gan Braga

ARTE
Narjara Lara (coord.), Thatiana Kalaes (assist.)
Projeto gráfico & redesenho do logo Marcelo Martinez | Laboratório Secreto
Capa montagem de Marcelo Martinez | Laboratório Secreto sobre ilustração de Alcy Linares
Editoração eletrônica Soraia Pauli Scarpa

REVISÃO
Hélia de Jesus Gonsaga (ger.), Rosângela Muricy (coord.)

ICONOGRAFIA
Silvio Kligin (superv.), Claudia Bertolazzi (pesquisa), Cesar Wolf e Fernanda Crevin (tratamento de imagem)
Crédito das imagens Pedro Luá (p. 112); Marynete Martins (p. 114)

CIP-BRASIL. CATALOGAÇÃO NA FONTE
SINDICATO NACIONAL DOS EDITORES DE LIVROS, RJ

J22s
5. ed.

Jaf, Ivan
  O Supertênis / Ivan Jaf. -(5. ed.]. - São Paulo : Ática, 2016.
  120 p. (Vaga-Lume)

  Apêndice
  ISBN 978-85-08-18197-1

  1. 1. Novela brasileira. I. Título. II. Série..

16-33974
CDD: 869.3
CDU: 821.134.3(81)-3

CL: 739978
CAE: 605468

2019
5ª edição
4ª impressão
Impressão e acabamento:

editora ática
Direitos desta edição cedidos à Editora Ática S.A., 2016
Avenida das Nações Unidas, 7221
Pinheiros – São Paulo – SP – CEP 05425-902
Tel.: 4003-3061 – atendimento@aticascipione.com.br
www.coletivoleitor.com.br

IMPORTANTE: Ao comprar um livro, você remunera e reconhece o trabalho do autor e o de muitos outros profissionais envolvidos na produção editorial e na comercialização das obras: editores, revisores, diagramadores, ilustradores, gráficos, divulgadores, distribuidores, livreiros, entre outros. Ajude-nos a combater a cópia ilegal! Ela gera desemprego, prejudica a difusão da cultura e encarece os livros que você compra.

O Supertênis

IVAN JAF

Série Vaga-Lume

ea
editora ática

A superconfusão

DE REPENTE, PEDRO COMEÇOU a ser perseguido por dois sujeitos muito esquisitos. E, para complicar, seu cachorro foi misteriosamente sequestrado. Sem saber o que fazer, o garoto acabou pedindo ajuda a um detetive totalmente maluco, o Euclides.

No meio dessa confusão toda, Andréa, a paixão do nosso herói, resolveu se meter na encrenca. Como os bandidos não estavam para brincadeiras, a aventura foi ficando cada vez mais perigosa...

Por que tanto barulho?

É que tio Mariano inventou o Supertênis, um calçado fantástico, capaz de render milhões de dólares a quem descobrir como fabricá-lo. Respire fundo e prepare-se para acompanhar tio e sobrinho nessa corrida para defender o Supertênis. Não vai ser nada fácil...

sumário

capítulo 1.
Na saída da escola, um carro preto... **9**

capítulo 2.
Detetive maluco por Matemática **22**

capítulo 3.
Isso foi um tiro! **35**

capítulo 4.
Invenções malucas **46**

capítulo 5.
O superbeijo **60**

capítulo 6.
Pipocas explosivas **78**

capítulo 7.
A Matemática não é uma beleza? **89**

capítulo 8.
Pulando sobre os prédios **101**

capítulo 9.
De pijama de bolinhas, não! **111**

Saiba mais sobre Ivan Jaf **112**

1. Na saída da escola, um carro preto...

QUANDO PEDRO SAIU DO COLÉGIO viu o carro preto parado na esquina. Os vidros escuros não deixavam ver quem estava lá dentro. Anotou mentalmente a placa enquanto comprava uma pipoca, para disfarçar. Não queria que os homens, que o seguiam, soubessem que já estava prevenido.

Caminhou até o ponto de ônibus como se nada estivesse acontecendo. Parou para fingir espremer uma espinha no retrovisor de uma moto estacionada, e pelo reflexo viu que o carro preto vinha lentamente atrás dele.

Precisava pensar rápido.

A qualquer momento abririam a porta, saltariam sobre ele e o jogariam lá dentro. Como no cinema. Só que aquilo não era um filme.

O muro da escola era muito comprido. Se tentasse correr não teria chances. Só esperavam que se afastasse do portão. Atacariam um pouco antes da esquina. Não havia tempo. Ouviu o motor acelerando.

Viu à esquerda um buraco no muro, por onde saía o lixo da escola. Mergulhou lá dentro.

O carro freou. O homem que estava na direção, com uma meia de mulher na cabeça, tentou sair mas foi seguro pelo braço por um outro lá dentro.

— Fique no carro, imbecil. Não adianta.

Pedro saiu pelo outro lado, todo emporcalhado, atravessou pelos fundos da quadra de esportes, pulou o muro de trás, esgueirou-se entre os carros parados e alcançou a rua por onde passava o ônibus que o deixaria em casa.

Entrou pela porta de serviço, tirou as roupas e jogou no tanque. O apartamento estava vazio. Seus pais trabalhando, sua irmã mais velha no balé. Apenas o cachorro Luca, pulando e latindo de alegria, enfiando-se entre suas pernas.

Jogou-se na cama e ficou lá, ainda tremendo de medo.

Não estavam de brincadeira.

— Preciso reagir. Fazer alguma coisa!

Tomou um banho frio e encontrou um pedaço de alface murcha nojenta atrás de sua orelha esquerda. Foi enquanto se ensaboava que teve a ideia.

Já pensara em avisar a polícia mas desistira. Com tantos casos graves para resolver numa cidade grande como aquela, quem daria atenção a um menino de catorze anos com mania de perseguição?

Pedro não podia provar nada. Ninguém acreditaria nele. A polícia só atrairia a atenção de seus pais e não o deixariam continuar seu projeto secreto.

Bem... mas um detetive... era a solução perfeita! Justo o que ele precisava: uma proteção discreta.

Lembrou então... muitos meses atrás, andando pelo centro da cidade com seu pai, um garoto lhe passara um cartão... claro!

Enrolou-se na toalha às pressas e correu para o quarto, pingando água pela casa toda, Luca patinhando atrás. Tinha mania de guardar tudo. Ligou o computador e procurou no arquivo... lembrava-se bem, era um cartão diferente, ele o havia escaneado...

— Achei!

Ligou a impressora e fez uma cópia.

O cartão era assim:

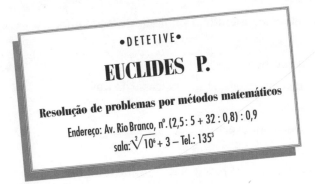

•DETETIVE•

EUCLIDES P.

Resolução de problemas por métodos matemáticos

Endereço: Av. Rio Branco, n°. $(2,5:5+32:0,8):0,9$

sala: $\sqrt[2]{10^6}+3$ – Tel.: 135^3

Na manhã seguinte desceu do ônibus dois pontos antes e chegou no colégio por ruas pequenas e sem movimento. Entrou pelo portão dos fundos, passando pelas duas barras de ferro entortadas pelos alunos para pegar a bola quando ela caía lá fora.

Ali estava seguro.

Perto da cantina, ouviu:

— Pedro!

Era Andréa. Linda. Toda sorridente.

— Oi.

— Oi, Pedro. Você ontem não foi lá em casa fazer o trabalho de grupo de História.

Caramba. Esquecera completamente.

— Não deu. Minha mãe ficou doente. Foi pro hospital e tudo. Uma barra.

— O que ela teve?

— Um desmaio. Acho que foi pressão.

— Mas tá tudo bem?

— Agora tá.

— Fizemos metade do trabalho e marcamos outra reunião pra hoje.

— Tudo bem.

— Lá pelas três. Na minha casa, de novo.

— Legal.

— Não esquece.

— Pode deixar.

Mas no intervalo, antes da última aula, Pedro foi ao andar de cima, olhou pela janela do banheiro e viu. O carro preto. No mesmo lugar do dia anterior.

Mandou uma mensagem para a mãe dizendo que depois da aula ia para uma reunião de estudo na casa da Andréa. Depois passou novamente pelas barras de ferro, alcançou a rua dos ônibus e pegou um para o centro da cidade.

Àquela hora as calçadas fervilhavam de gente, todos descendo dos edifícios para almoçar, enchendo bares e restaurantes, uma confusão dos diabos nas ruas.

Pedro conseguiu chegar ao prédio do detetive: doze andares, velho, portaria antiga, elevador daqueles que o ascensorista tem de fechar a grade com a mão. Saiu no décimo andar, seguiu por um corredor escuro até encontrar a porta que procurava. Tocou o interfone.

— Quem é? — perguntou uma voz metálica.

— Pedro. O senhor não me conhece. Eu...

— Tem hora marcada?

— Bem... posso voltar em outra...

— Tudo bem. Entre e espere um pouco.

A porta não estava trancada. Havia uma pequena sala de espera, com duas cadeiras de couro com braços de madeira trabalhada e um balaio de vime no centro, cheio de revistas velhas. Sentou-se e ficou folheando uma delas. Não estava sozinho.

Na outra cadeira dormia um gato, muito gordo e cinza, que apenas abriu um pouco os olhos para examiná-lo e em seguida voltou a roncar.

Nas paredes, precisando de pintura, não havia nada, apenas dois buracos de pregos e uma porta de ferro vazada, com um fundo de vidro fosco, dando para o escritório.

Pedro estava um bocado nervoso. De uns tempos pra cá metera-se numa porção de confusões. E pelo visto tinha sido só o começo.

O Supertênis 13

Duas revistas depois a porta envidraçada se abriu e um homem apareceu: muito alto e magro, por volta de quarenta anos, um rosto quadrado e cheio de ângulos, como se tivesse sido talhado a facão, cabelo farto, já meio branco, sobrancelhas grossas, cavanhaque fino. Fumava um cachimbo.

— Senhor Euclides P.? — perguntou Pedro.

— Desde criança. Entre.

A bagunça chegava a espantar.

Não era uma sala grande. Ao fundo, dois arquivos de aço com as gavetas abertas, estufadas de papéis, prestes a cair.

Nas paredes laterais duas estantes abarrotadas de livros, revistas e papéis dentro de pastas, tudo tão apertado que não se poderia passar um fio dental entre eles.

Bem no centro uma enorme escrivaninha, com mais pilhas e pilhas de papéis, canetas espalhadas por todo lado, restos de biscoito, cinzeiros cheios, copos usados, pen drives, uma garrafa de uísque vazia e uma pequena tevê. Embora Euclides fosse alto, Pedro mal conseguia vê-lo quando se sentou por trás daquilo tudo.

Ao lado da escrivaninha uma pequena mesa com um computador. Sobre o computador um prato com duas cascas de banana e cinco mosquitos.

Pela única janela, entre os dois arquivos, viam-se alguns pombos dormindo ou emporcalhando o parapeito e, ao fundo, a parede encardida do edifício vizinho.

— Sente-se aí, meu jovem — o detetive inclinou-se em sua cadeira e soltou uma baforada. — Fico feliz por ter-me encontrado — continuou. — Não são todos que conseguem.

Acho que preciso mudar o cartão. Estou ficando sem clientes. Gosta de Matemática? Como é mesmo o seu nome?

— Pedro.

— Gosta de Matemática, Pedro?

— Mais ou menos.

— Não me espanta. Do jeito que a ensinam. Fazem o pobre coitado do aluno decorar regras, teoremas, fórmulas, quando o que importa na Matemática na verdade é o raciocínio e o método para a resolução do problema. A Matemática desenvolve o pensamento dedutivo, exercita a atenção, a inteligência, cria o hábito da reflexão, fortalece a vontade...

— E faz a gente ficar de recuperação.

O detetive deu uma gargalhada e derrubou uma pilha de papéis de cima da mesa. Não se preocupou em apanhá-los.

— O que se vai fazer? Se houver um erro, não há como escondê-lo. Ninguém consegue mentir com números. A não ser os políticos.

Cada vez que o detetive ria alguns papéis vinham ao chão. Daquela vez foi uma pasta aberta que se equilibrava sobre uma gaveta do arquivo.

Pedro era superorganizado e já estava ficando agoniado.

— Mas vamos ao assunto.

— Pois é.

— O que o traz aqui?

— Preciso de proteção.

— Proteção? Sou um investigador. Já tentou a polícia? Ou um cachorro bem grande?

— Estão me perseguindo por causa disto. — Pedro tirou uma pasta preta da mochila e a passou ao detetive.

Euclides abriu. Dentro da pasta havia uma espécie de caderno fino, umas vinte folhas presas por uma espiral de plástico. Na capa, o desenho de um tênis.

Balançou a cabeça, sem entender:

— Perseguem você por causa de um tênis? Onde o mundo vai parar...

— Não é um tênis qualquer.

— Não?

— É o Supertênis.

— Sei.

— Eu explico.

— É.

— Tenho um tio meio maluco.

— Todos temos.

— Ele se chama Mariano. Uma espécie de cientista louco, como nos filmes. Mora numa casa no subúrbio, sozinho, inventando coisas, a maioria bem estranhas. É formado em Química. Pois há uns seis meses começou a fazer experiências com borracha. Misturou látex natural, das seringueiras da Amazônia, com produtos sintéticos...

— Posso saber pra quê?

— Queria criar uma liga especial de borracha pra fazer postes.

— Postes?

— É. Esses de rua. Onde os cachorros...

— Sim. Sei o que é um poste.

16 *Ivan Jaf*

— Tio Mariano queria vender pra prefeitura a ideia de que se os postes fossem de borracha os carros não se arrebentariam todos quando batessem neles.

— Faz sentido.

— E também, como a borracha é isolante, em dias de temporal os postes de luz seriam mais seguros.

— Certo.

— Daí tentou criar um tipo de borracha firme o bastante pra servir de poste, mas que ao mesmo tempo absorvesse o impacto de um carro sem oferecer resistência. Está entendendo?

— Tudo bem. Conseguiu?

— Ele ficava lá o dia todo misturando os componentes, fazendo pequenas bolas de borracha pra depois testá-las, mas nada adiantava. Ou ficavam duras ou moles demais. Até que uma tarde uma delas caiu da mesa, de uma altura de um metro.

— Acontece.

— Só que ela quicou e subiu o dobro da altura da mesa.

— Sei.

— Daí quicou novamente no chão e subiu quatro metros. Voltou a quicar, e furou o telhado. Ele correu pra fora de casa e ainda pôde ver a bola quicando pela rua, subindo cada vez mais alto, até desaparecer nas nuvens.

— ...

— Ele havia criado o que chamou de BIP.

— BIP?

— Borracha de Impacto Progressivo. Uma liga meio sintética, meio natural, com a capacidade de quicar sempre o dobro da altura em que cai, por uma questão de expansão molecular, sei lá...

— Não vai dar pra usá-la nos postes. Se um carro bater nela a 100 km/h vai parar fora do Estado.

— Pois é. Foi aí que entrei na história. Quando ele me contou sobre a BIP, falei: "Puxa, tio, imagina um tênis feito disso". E no mesmo dia começamos a trabalhar juntos no Supertênis.

— Deve ser ótimo pra jogar basquete.

— É muito mais que isso. Veja.

Euclides virou lentamente as páginas. Estavam cheias de gráficos, desenhos, escalas, análises de estruturas, etc.

— Está tudo aí, bem explicado... fomos tendo as ideias e colocando... sensores antitopada, aderentes de meia, apontador, relógio digital, ar-condicionado antichulé, barômetro, luzes de alerta, medidor de pressão sanguínea, velocímetro, medidor de quilometragem, sensores anticocô, farol, calculadora, altímetro, rádio AM/FM com fones de ouvido, balança, compartimento para cortador de unha, baterias, canivete e outros detalhes opcionais...

Euclides balançava a cabeça, admirado:

— E funciona? Mesmo?

— Temos trabalhado nisso esses meses todos. Meu tio fez a parte prática... preparava o protótipo e me encomendava as pesquisas... coisas como aerodinâmica, estudo das consequências do impacto sobre os ossos, efeitos da altura sobre a corrente sanguínea... Passei boa parte dos últimos meses lá na biblioteca pública... e fiz tudo usando computadores. Foi aí que começou o problema.

— Estava mesmo querendo saber como eu ia entrar nessa história.

— Frequentei tanto os computadores da biblioteca que um dos funcionários ficou curioso. Curioso demais. Os livros em que eu pesquisava chamaram a atenção dele, o bandido descobriu minha senha e acessou meus arquivos quando eu não estava. Por sorte percebi logo no início e troquei a senha. Aí ele parou de me incomodar.

— Mas soube do projeto.

— É.

— Ficou quieto, esperando você acabar, pra então pegar a coisa toda pronta.

— É isso aí.

— Você o conhece? Sabe o seu nome? Onde mora?

— Não. Quando parou de perturbar esqueci o assunto. Era apenas um sujeito que havia ficado curioso. Até que na semana passada, quando eu saía da biblioteca, tentou me tirar o pen drive onde estão armazenadas todas as pesquisas. Me segurou aqui pelo braço, com força, me sacudiu... mas havia um banco bem atrás dele e o empurrei. Caiu com as pernas pro ar e corri e sumi pelo buraco do metrô.

— Como ele é?

— Meio careca, bem gordo, com as calças caídas, sempre aparecendo um pedaço da cueca. Tem uma cara redonda, sobrancelhas muito grossas, uma barriga enorme. Eu o chamo de Gordo.

— Voltou a atacar?

— Há dois dias me espera na saída da escola, num carro preto. Anotei a placa. Não sei como ele descobriu...

— Nas fichas pra pedido de livro na biblioteca você tem de dizer onde estuda.

— Ah é.

— Mas ele não sabe onde você mora. Quanto à placa do carro... certamente é fria. Também não vou perder tempo indo atrás dele. Não temos nada que o incrimine. Me diga uma coisa, por que ele está com pressa? Parece meio desesperado, para querer atacá-lo num local tão movimentado quanto a saída de um colégio...

— Esse é o ponto. O trabalho acabou. Ele sabe. Está tudo gravado num pen drive e só temos que ir no escritório de patentes registrar o Supertênis.

— E se ele conseguir roubar o projeto antes pode apresentá-lo e tirar a patente em seu nome. Daí vende a patente para uma dessas multinacionais fabricantes de material esportivo, ganha uma percentagem por cada tênis desse vendido no mundo e fica bilionário. É...

— Por isso preciso de proteção. Até segunda-feira.

— Quem mais sabe disso?

— Ninguém. Não contei pros meus pais pra não preocupá-los, e meu tio sofre do coração, já tem idade.

Euclides levantou-se e foi até a janela. Ficou olhando para o vazio, pensativo, alisando o cavanhaque. Quando voltou a sentar-se esbarrou no arquivo, derrubando uma grossa pasta de papéis que se esparramaram pelo chão. Ele não ligou.

20 *Ivan Jaf*

— Quer que ajude a arrumar? — Pedro não resistiu.

— Está achando muita bagunça?

— Bem...

— Pois é só aparência. Na verdade tudo está absolutamente organizado segundo um método matemático que criei, com ajuda aqui do computador. Quando quero encontrar alguma coisa é só consultar o programa. Esses papéis que caíram, por exemplo, ao invés de arrumá-los, eu apenas modifico a posição deles no tal programa... eu podia lhe dar uma demonstração, mas o diabo é que há dias procuro e não encontro o miserável do pen drive.

— Tudo bem.

2. Detetive maluco por Matemática

NO ÔNIBUS DE VOLTA PARA CASA, Pedro foi pensando nas conclusões do detetive e, embora um pouco decepcionado, acabou dando razão a ele.

Euclides dissera que as intenções do Gordo eram tão óbvias que, com um pouco de cautela, Pedro não corria perigo nenhum.

— Hoje é quinta-feira — dissera ele. — Volte para casa e não vá à aula amanhã. Passe o fim de semana lá. Eu o encontro segunda, na portaria de seu prédio, e vamos resolver o problema da patente. Depois disso o tal Gordo não poderá fazer mais nada.

"É. É simples. É assim mesmo", pensava Pedro. "Eu é que fico querendo complicar as coisas."

— E quanto custarão os seus serviços, senhor Euclides?

— Nada que você não possa pagar.

A tarde caía quando dobrou a esquina e viu seu prédio lá no fundo, alto, a fachada de ladrilhos claros, a grande amendoeira na frente.

Havia algo errado.

Umas vinte pessoas agitavam a portaria.

Apertou o passo, ansioso, com maus pressentimentos.

O vizinho do 104, um senhor de sessenta anos, militar aposentado, foi o primeiro a vê-lo. Apontou, gritando:

— É ele. Olha ele! Pedro, corre aqui!

Sentiu um frio na barriga e suas pernas tremeram. A vizinha do 108, muito amiga de sua mãe, passou um braço em volta do seu ombro e disse:

— Coitado.

A velha do 305 suspirou:

— Droga de cidade violenta.

A menina do 603 balançava a cabeça:

— Ele era tão bonitinho.

Não estava entendendo nada. As pessoas foram se afastando enquanto ele entrava no meio do grupo, até parar diante da empregada do apartamento do lado do seu, a Dora. Ela estava sentada no segundo degrau da portaria, chorando. Chorando sem parar.

Haroldo, o patrão de Dora, colocou a mão pesada sobre o ombro de Pedro e finalmente explicou:

— Roubaram o Luca.

— O quê? — Pedro gritou.

— Roubaram o teu cachorro — alguém confirmou.

A mãe de Pedro contratara Dora para fazer faxina no apartamento uma vez por semana, e passear com Luca pela calçada todo final de tarde.

— Como foi isso? — Pedro desesperou-se.

Medeiros, o porteiro, contou:

— Muito esquisito, seu Pedro. Um homem baixinho e forte pra caramba chegou perguntando pelo senhor. Eu interfonei lá pra cima, ninguém atendeu. Ele quis saber a que horas o senhor chegava. Eu disse que não sabia, não. Que o senhor não tinha hora certa. Ele insistiu. Aí a Dora desceu com seu cachorro e eu disse pro homem... aquela lá trabalha com a família... aquele é o cachorro dele... posso perguntar se ela sabe.

A mulher não parava de chorar. Às vezes soltava longos soluços. Medeiros continuou:

— Aí eu disse que podia perguntar pra Dora se ela sabia a que horas o senhor chegava mas o homem disse que não, que não precisava, e foi embora. Voltei lá pra dentro da portaria e a Dora levou seu cachorro ali, pra fazer as necessidades no tronco da amendoeira, como faz toda a tarde... de repente um carro escuro freou, o tal baixinho abriu a porta, agarrou o cachorro, deu um puxão na corrente que até derrubou a coitada, enfiaram o pobre bicho no carro e saíram cantando pneu. Havia um outro dirigindo, mas não deu pra ver.

Pedro fez força para não sentar ali do lado de Dora e chorar também. Achou melhor subir para o seu apartamento, pensar no que estava acontecendo.

Abriu a porta muito assustado. Tinha certeza de quem estava por trás daquilo.

Não havia ninguém. Pegou o celular e ficou esperando que a qualquer momento alguma porta se abrisse e caíssem em cima dele.

O aviso do correio de voz piscava na tela, aflito.

24 *Ivan Jaf*

Havia quatro mensagens:

"Alô, Pedro. Aqui é a Andréa. Pô, cara, onde é que você se meteu? O pessoal tá todo aqui em casa pra fazer o trabalho de História. Estamos te esperando. Você vem? Pô, qual é? Nem avisa nem nada. Maior falta de consideração. O que tá acontecendo? Liga pra mim."

"Alô, Pedro. Avisa a sua mãe que eu vou atrasar hoje. Tem um bando de japoneses lá na recepção me esperando pra uma reunião. Vou ter de jantar com eles, na certa aqueles peixes crus horrorosos. O que um homem não faz por sua família. Vá preparando o antiácido. Um beijo."

"Alô, Pedro. Estou com o seu cachorro. Se o quiser de volta deixe o pen drive embaixo do primeiro banco da praça Hermes Fontes, junto ao portão principal, depois espere por ele no portão oposto, do outro lado da praça. Amanhã. Às nove da noite. Se não fizer isso vou fazer sabão desse maldito animal. Ele fez cocô no meu carro."

"Fala, Pedro. É o Guilherme. Sujeito de sorte, hein? O cara já passou aí na tua casa? Fizeram um sorteio de um videogame com as fichas dos frequentadores da biblioteca e você foi premiado. Como só tinham o endereço do colégio, o funcionário de lá passou pra saber onde você mora para poder entregar. Que tal uma festa aí na tua casa pra comemorar?"

"Aqui é do escritório de investigações por métodos matemáticos do detetive Euclides P. 'uma solução à procura de problemas'. No momento ele não pode atender. Queira por favor deixar o seu recado após o sinal que assim que puder ele entrará em contato com você. Obrigado."

— Alô! Euclides! Droga! Não está? É uma emergência! Roubaram meu cachorro! Sequestra...

— Alô! Espera aí...

— Euclides!

— Pronto. Eu estava saindo. O que foi?

— Sequestraram meu cachorro.

— O Gordo.

— É.

— Quer trocar pelo pen drive.

— É. É.

— Então ele já sabe onde você mora.

— É. É. É.

— Como conseguiu?

— Inventou que eu ganhei um prêmio e o pessoal lá da escola deu o meu endereço.

— Ele já combinou o resgate?

— Já. Amanhã à noite. Escute.

E Pedro colocou a mensagem do celular para o detetive ouvir o recado.

— Fique calmo. Relaxe. E não se preocupe por ele agora saber o seu endereço. Não fará nada até amanhã. Sabe que você trocará o cão pelo pen drive.

— Claro! Claro!

— Agora espere um minuto na linha. Não desligue. Preciso pensar.

Foi o minuto mais longo da vida de Pedro. Ansioso como estava, ficou com a orelha dormente de tanto apertar o telefone.

— Pedro.

— Pode falar.

— Preste atenção. Passe por aqui amanhã de manhã e me deixe uma cópia do pen drive. À tarde a devolverei... deixarei aí na portaria. É essa que você colocará debaixo do banco. Vá para a tal praça, sozinho, e siga as instruções do Gordo. Certo?

Não ter contado tudo para seus pais desde o começo complicava ainda mais as coisas, mas é que toda a família considerava seu tio Mariano maluco, ninguém levava mais a sério suas invenções, por isso Pedro só quis revelar o projeto quando este já tivesse dado certo.

O problema com Mariano é que falava demais, e virava motivo de piada. Aí é que as coisas não davam certo mesmo.

Numa noite de Natal, por exemplo, dera de presente para a mãe de Pedro, sua irmã, um liquidificador a pedal, para fazer sucos e vitaminas quando faltasse luz. Todos já haviam tomado bastante vinho e quando ele resolveu fazer uma demonstração riram tanto que uma tia viúva fez xixi na cadeira e seu avô paterno teve um princípio de enfarte.

Agora não dava para voltar atrás. Gostaria de desabafar com o pai, pedir ajuda... mas não, resolveria tudo sozinho. Com a ajuda de Euclides, claro. O chato era ter de mentir.

Quando sua mãe chegou do trabalho já sabia do roubo de Luca. O prédio todo comentava.

Seu pai chegou tarde, e também já sabia, o porteiro lhe contara.

Todos procuraram consolá-lo e Pedro aproveitou para ficar triste de verdade.

E sua mãe compreendeu também quando ele disse que não queria ir à aula no dia seguinte.

Acordou um pouco mais tarde e foi ao escritório de Euclides. O detetive ainda não chegara. Passou um pen drive com uma cópia do arquivo por baixo da porta e voltou para casa.

Ficou toda a manhã na cama, olhando o teto. Ao meio-dia esquentou um pedaço de empadão de frango no micro-ondas e voltou para a cama. Estava triste e muito nervoso. Não era justo que no último momento um bandido conseguisse roubar o trabalho de tantos meses. E Pedro não podia fazer nada, a não ser confiar em Euclides.

Às oito da noite se preparou para sair. Disse que ia à casa de um amigo.

Na portaria, pegou o pen drive deixado por Euclides.

A duas esquinas de seu prédio havia um ponto de táxi.

— Praça Hermes Fontes — pediu ao motorista, e afundou no banco de trás.

O lugar em volta tinha alguns cinemas e bares movimentados, mas a praça estava deserta.

Pedro não conhecia o lugar, passara por ali apenas uma ou duas vezes, quando era pequeno.

Era uma praça grande, toda cercada por uma grade de ferro alta, com apenas dois portões, em cantos opostos.

O portão principal era bem largo, daria passagem até para um ônibus, mas o acesso de veículos havia sido impedido por dois frades de concreto de um metro de altura. De lá saía o caminho principal, cimentado e largo, que ia em linha reta até o portão secundário, bem menor, ladeado por dois leões de ferro em tamanho natural.

Era um local histórico, com árvores centenárias e fraca iluminação, com postes ainda preservados do século passado.

Havia uma porção de pequenos caminhos estreitos passando entre as árvores, cobertos àquela hora por uma quase completa escuridão.

Um lugar muito fácil para um sujeito se esconder.

Pedro atravessou o grande portão principal, com o coração aos pulos e as pernas tremendo.

Faltavam quinze para as nove.

Sentou-se no primeiro banco. Olhou para os lados, depois para trás. Nada. Tudo escuro. Ninguém.

Fingiu amarrar o tênis e jogou o pequeno embrulho com o pen drive para baixo do banco.

Nove horas.

Levantou-se e andou pelo caminho principal até o portão oposto.

Teve medo de ser assaltado, mas depois confortou-se com a ideia de que aí também já seria desgraça demais e ele não merecia.

Voltou a sentar-se num banco e esperou.

O Supertênis

Passaram-se dez minutos e nada.

Um bêbado veio se aproximando, trocando as pernas, pelo portão secundário.

Parou em frente a ele e ficou gesticulando, desengonçado, com os cabelos desgrenhados e as roupas amarrotadas.

— Você está horrível — disse Pedro.

— Encontrei essas roupas atrás da máquina de lavar. Estão com um cheiro de mofo...

— Nem sinal dele. Será que...

— Está tudo bem. Sequestradores não costumam ser pontuais. Não é bom para a saúde deles que os outros saibam exatamente a hora em que vão agir. Pode demorar bastante, mas preste atenção no que vou dizer porque, quando começar a ação, a coisa por aqui ficará bastante movimentada.

— Estou ouvindo.

— Aja como se estivesse sendo incomodado por um bêbado. Imagine que alguém nos está observando de longe.

— Tudo bem.

— Vim aqui esta tarde e estudei a praça. Ela é um retângulo. Este caminho em que estamos a corta em diagonal, formando dois triângulos retângulos. Está entendendo?

Pedro fez que não com a cabeça mas disse sim, e pela primeira vez nos últimos dias teve vontade de rir.

— Fiz o contorno da praça de carro, quer dizer, contornei um dos triângulos, fazendo o percurso do portão principal até este aqui, por fora. O lado menor tem quinhentos metros e o maior um quilômetro.

— Certo.

— Esses dois lados são os catetos do triângulo retângulo. Este caminho em que estamos, portanto, é a hipotenusa.

— Tudo bem.

Por instantes Pedro chegou a pensar se Euclides não seria maluco, mas preferiu prestar mesmo atenção. Não tinha escolha.

— Daí usei o velho teorema de Pitágoras para calcular o comprimento deste caminho diagonal aqui, ou seja, o quadrado da hipotenusa é igual à soma dos quadrados dos catetos. Está acompanhando?

— Estou.

— Bem, isso deu mil cento e dezoito metros.

— Posso saber pra quê...

— Esta será a nossa rota de fuga.

— Ah.

— O Gordo com certeza está com o carro parado lá no outro portão. Por isso ele disse pra você ficar aqui, do lado oposto. Neste momento ele já apanhou o pen drive embaixo do banco e vai conferir o projeto do Supertênis num notebook dentro do carro. Só então libertará o seu cachorro, claro.

— É. Mas aí será tarde demais. Ele terá o pen drive!

— Não, porque passei a tarde instalando um vírus poderoso nele e lá pelo fim todas as informações começarão a ser apagadas rapidamente.

O detetive parou de falar e olhou em volta. Um ar preocupado apareceu em seu rosto.

O Supertênis 31

— O Gordo estará tão ansioso com a situação, e eufórico por ter conseguido o que queria, que soltará seu cachorro antes de perceber o vírus, o que pelos meus cálculos deve estar acontecendo... agora!

Nesse mesmo instante ouviram um latido. No começo, fraco. Depois, novamente o silêncio.

— Grite o nome dele! Rápido!

— LUCA! — berrou Pedro. — Luca! Aqui!

Os latidos recomeçaram, cada vez mais fortes, e logo avistaram Luca correndo na direção deles pelo caminho central. Vinha com a língua de fora. Feliz.

Pedro ajoelhou-se e o recebeu nos braços.

Luca o lambia todo e fez xixi de alegria.

Euclides olhava na direção de onde o cachorro tinha vindo, mais preocupado ainda.

— Droga — disse —, estou vendo um vulto.

— Onde? — perguntou Pedro, já de pé, com Luca no colo lhe lambendo o rosto.

— Ali... veja a silhueta, passando por trás daquela árvore.

— É. É, sim.

— Mas não pode ser o Gordo. É muito pequeno.

— Há um baixinho trabalhando com ele. O porteiro viu.

— Isso pode estragar meu plano. Não esperava que ele fizesse isso. É estranho. Vá andando, devagar, na direção do portão principal.

— Mas por que não fugimos por esse portão aí do lado?

— Porque é isso que o Gordo pensa que vamos fazer. Ande!

Euclides cambaleou até uma árvore e fingiu que ia fazer xixi. Pedro se afastou, sem entender o que o outro planejava. Sentia-se indo diretamente para o inimigo.

O detetive passou por detrás das árvores e penetrou na escuridão. Viu novamente o vulto. Ele ia na direção de Pedro. Correu então por um caminho estreito, esgueirando-se por entre as sombras.

A silhueta baixinha parou atrás de uma árvore... quando Pedro passou ela avançou. Euclides correu e voou sobre ela!

Os dois caíram embolados bem na frente do menino, que largou Luca para poder entrar na briga.

Mas o que fez foi gritar:

— ANDRÉA?!

Euclides estava no chão, segurando a menina pelo pescoço, sem entender nada. Ela, muito assustada, deu-lhe uma mordida na mão.

— Ai!

— Andréa...

— Vocês se conhecem? — espantou-se Euclides, largando-a.

— É da minha turma.

— Pedro, eu...

— O que você está fazendo aqui?!

— É que...

— Calados! — cortou o detetive.

Pneus cantaram no asfalto.

— CORRAM!

O Supertênis

Euclides saiu em disparada para o portão principal.

Ouviram os pneus novamente, dessa vez fazendo uma curva em alta velocidade.

— Depressa! — gritava Euclides. — Depressa!

Passaram pelo portão correndo feito loucos, atravessaram a rua, dobraram uma esquina e entraram no carro do detetive, arfando feito asmáticos.

3. Isso foi um tiro!

O CARRO DE EUCLIDES custou a dar a partida. Só na quarta tentativa o motor pegou e saíram em disparada.

Aí todos os três começaram a falar ao mesmo tempo, e Luca a latir.

— O que você estava fazendo lá? — perguntou de novo Pedro, virando-se para o banco de trás.

— Se o Gordo nos alcança certamente partirá para a violência — resmungava o detetive.

— O que você estava fazendo lá?! — respondeu a menina, muito assustada, limpando a poeira dos cabelos.

— Esses atrasos inesperados são um perigo — desabafou Euclides, batendo com o punho fechado no volante.

— É uma história muito comprida! — gritou Pedro.

— Calculei com precisão — o detetive não se conformava. — Contando com uma aceleração máxima...

— Você não foi ao grupo de História, daí eu...

O Supertênis 35

— ... digamos que o carro do Gordo chegasse a uma média de 60 km/h... ele percorreria a distância dos catetos em um minuto e meio.

— Au! Au! AU!

— Quem é esse cara? Ele está falando de quê? É maluco?

— Como foi que nos encontrou lá?

— Já nós, correndo o máximo, chegaríamos a uma média de 15 km/h e cobriríamos a hipotenusa em quatro minutos e meio...

— É teu professor particular de Matemática?

— Auuuuu.

— Não é nada disso.

— Teríamos então uma chance... porque ele perderia tempo dando a partida, pensando pra que lado tínhamos ido, e depois mais um minuto e meio pra voltar ao portão principal pelos dois catetos opostos.

— Pra que essa correria toda? Isso é lugar pra dar aula de Matemática?!

— Para com isso, Andréa! É você que tem que explicar...

— E nós teríamos começado a correr antes.

— Au. Au. Au. Au!

— Já disse. Você não foi ao grupo de estudo. Não ligou. Eu queria saber o que estava acontecendo. DROGA!

— Dei uma boa margem no cálculo das probabilidades para os imprevistos, mas não pensei que...

— Você me seguiu?!

— E daí? E daí?

— Auuuuuu.

— Primeiro essa menina.

— Meu nome é Andréa!

— Depois o maldito motor que não pegou logo.

— Você não pode ter feito tudo isso só porque não fui estudar na tua casa!

— FICAMOS TE ESPERANDO HORAS!

— Au! Au! Au!

— Devia ter deixado o carro com o motor aquecido. Ficou parado muito tempo. Foi uma falha grave.

— Não fui porque estava com problemas! Problemas mesmo! NÃO ESTÁ VENDO?

— Achei falta de respeito! Dois dias seguidos sem aparecer. E sem dar a menor satisfação!

— Au. Au. Au!

— Mas a menina não...

— Meu nome é ANDRÉA!

— Auuuu!

— ... não dava pra prever. Não dava mesmo.

— Quem é esse sujeito? Do que ele tá falando?

— É um detetive!

— No que você está metido, Pedro?

— Eu tinha de incluir nos cálculos alguma espécie de empecilho no trajeto da hipotenusa. É isso! Detetive burro!

— Não dá pra contar agora...

— Mas eu preciso saber!

— AU!

O Supertênis

— Mil cento e dezoito metros de realidade e o estúpido aqui achou que não aconteceria nada.

— Eu é que preciso saber como é que você foi parar lá, naquele justo momento!

— Tantos anos de estudo da Matemática do Caos, das variações de padrões caóticos, das estruturas fractais, das variações das coordenadas espaçotemporais...

— Esse cara tá delirando! Do que ele...

— Não faço a mínima ideia.

— Aí de repente chega uma menina...

— ANDRÉA!

— Auuuuu!

— ... mas poderia ser qualquer coisa, um gato, uma casca de banana...

— ... a tua mãe...

— Ele não quer ofender. Está só pensando alto.

— O Gordo conferiu o arquivo, viu o projeto... ficou satisfeito, mandou soltar logo o cachorro, aí apareceu o vírus... ele saiu em disparada pra atingir o outro portão... nesse momento já deveríamos estar na metade da hipotenusa!

— Pedro. Sério. Esse cara não tá legal.

— Não se preocupa, não. Tá tudo bem.

— MANDA ELE PARAR ESTE CARRO!

— Auuuuuu! AU!

— O bandido não perdeu muito tempo. Não. Entendeu que corremos no sentido oposto. Deu a volta na praça.

— Vai ver que quando ele caiu por cima de mim bateu com a cabeça...

— Levou talvez uns trinta segundos pra se decidir entre as duas ruas que dão mão. Daí pegou à direita, claro...

— Ele não fala coisa com coisa!

— ... depois dobrou à esquerda, porque era a única coisa a ser feita... e nos viu pela primeira vez... numa paralela, em direção contrária... Esta paralela!

— Pedro. Estou com medo!

— Calma. Está tudo certo.

— Não está tudo certo NADA!

— Auuuuu!

— E na próxima esquina ele vai nos...

— Cuidado! CUIDADO!

— Ohhhh.

O carro preto fez a curva em alta velocidade e bateu com o para-choque dianteiro no para-lama traseiro do carro de Euclides.

Os dois se desgovernaram.

O Gordo subiu no meio-fio oposto, atropelou duas latas de lixo, raspou num hidrante e voltou à pista.

O carro do detetive derrapou de traseira. Conseguiu endireitá-lo virando o volante na direção contrária. Os pneus cantaram desesperados, ia capotar, a roda de trás saiu um palmo do chão... mas terminou voltando ao asfalto. Ele acelerou e partiu a toda.

O Gordo veio atrás.

Euclides dobrou uma esquina e quase capotou novamente. Mas conseguiu chegar a uma rua larga, com três pistas, e gritou para Pedro:

— Abra o porta-luvas e aperte o botão vermelho do lado esquerdo!

Num pequeno monitor quadrado no porta-luvas apareceram duas linhas perpendiculares vermelhas sobre um fundo azul.

— Aperte o botão preto. Em cima!

Pedro fez isso. Um ponto amarelo surgiu sobre o fundo azul, um ponto que brilhava.

Num cruzamento, o sinal vermelho!

Euclides não teve tempo... uma pequena caminhonete freou bruscamente e ele passou, torcendo o volante para a esquerda, depois para a direita, passando a menos de um palmo e arrastando os quatro pneus, quase em cima de uma barraca de frutas. Conseguiu voltar.

O Gordo fez o mesmo, só que para a direita, passando por trás da caminhonete, cujo motorista afundou no banco com as mãos na cabeça.

— Focalize o seu espelho retrovisor aí fora! — voltou a gritar Euclides. — No carro dele. Depois aperte o botão verde!

Pedro teve dificuldade porque o carro do Gordo não parava, de um lado para o outro, tentando ultrapassar.

Quando conseguiu, um ponto verde brilhante apareceu no monitor, bem atrás do amarelo.

— Tudo bem. Agora vá me passando as informações.

— Tá.

Euclides pisou no acelerador de verdade.

Havia poucos carros na pista larga e começaram um enlouquecido zigue-zague entre eles.

O Gordo ficou para trás, mas a luz verde no monitor indicava sempre sua posição, mesmo quando o carro não estava à vista.

— Aperte a tecla D, à esquerda, e me diga a distância!

Uma linha tracejada partiu do ponto amarelo ao verde e no alto do painel Pedro leu um número:

— 135 metros!

— Agora aperte a V!

O ponto verde piscou três vezes e um novo número apareceu:

— 98 km/h!

Andréa estava encolhida no banco de trás, muda de medo, apertando Luca nos braços.

— Eu sabia que ele ia partir pra violência — resmungava o detetive, costurando o trânsito. — É um sujeito impulsivo.

Um viaduto apareceu bem adiante. Euclides deu uma guinada para a direita, os amortecedores dianteiros afundaram... e subiram, jogando todos para cima, quase os fazendo voar por sobre a mureta.

— Tecla V!

— Ele está a 105 km/h!

— Vamos ver se aguenta.

Pedro olhou pelo retrovisor.

A dianteira do carro do Gordo desceu, bateu no asfalto no começo do viaduto, arrancando faíscas, e depois ficou com os quatro pneus no ar. Caiu pesadamente, raspando o fundo no chão, fazendo um barulho terrível e soltando labaredas. Mas a perseguição continuou.

O Supertênis 41

O viaduto fazia uma longa curva. Euclides precisou diminuir a velocidade. Uma capotagem ali os faria despencar de uns quinze metros de altura.

— Tecla D?

— 87 metros!

Precisou diminuir ainda mais na descida.

— Tecla D!

— 53 metros.

— Que diabo está acontecendo?

— Cale a boca, menina.

— É ANDRÉA!

— Auuuuuu! AU! AU!

— Tecla V!

— 77 km/h!

— Segurem-se! — gritou Euclides, e freou bruscamente, girando o volante com força para a direita, pegando um retorno estreito.

O pneu dianteiro direito subiu no meio-fio, o carro balançou perigosamente, derrapou de traseira, raspou num poste junto à janela de Andréa, que se jogou entre os bancos da frente, embolada com Luca:

— Mas que diabos!

Escutaram pneus cantando bem atrás deles. O Gordo vinha colado, veloz demais para a curva fechada. Sua roda dianteira também subiu no meio-fio, só que não voltou para o asfalto. O carro avançou pela calçada, desviou-se no último instante de uma grande palmeira, fez um cavalo de pau na grama de uma pequena praça e bateu de lado no pedestal de uma estátua.

O busto de um famoso militar balançou, a base partiu e ele caiu, atravessando o vidro traseiro, e parou no banco de trás do carro do Gordo, como mais um passageiro.

— Ele sumiu do monitor! — gritou Pedro.

O retorno continuava, numa curva de quase 360 graus, e passava sob o viaduto até desembocar numa rua larga, de mão dupla. Euclides acelerou.

O Gordo também, e saiu do meio do redemoinho de poeira para cair novamente na pista de retorno. Fez a curva no limite da velocidade, prestes a capotar a qualquer momento, até que seu sinal tornou a aparecer no monitor.

— Voltou! — gritou Pedro.

— QUEM?!

— AU. AU. AU!

— O infeliz está obcecado!

— Pare este carro! — Andréa berrou, descabelada, tentando tirar o pé preso embaixo do banco de Pedro.

— Esta rua está deserta — disse Euclides. — Isso não é bom.

— Por quê?

— Ele está furioso. Fora de si. Tentei evitar.

— O quê?

— Tecla D!

— 35 metros!

E Pedro então viu que a dianteira do carro do Gordo aparecia ocupando quase todo o espelho retrovisor. E se aproximava perigosamente.

O Supertênis

— O carro dele é mais veloz do que o meu... mas ele vai tentar um gesto extremo.

— O que você quer dizer com...

— ABAIXEM-SE!

Escutaram um estampido... e o vidro traseiro do carro de Euclides partiu-se em mil estilhaços.

— ISSO FOI UM TIRO! — berrou Andréa.

— Pronto. Partiu para a ignorância. Tecla V?

— 108 km/h!

Euclides apontou o carro diretamente para a ponta do canteiro.

— Tecla V!

— Ele está a 127 km/h!

— Tudo bem. Já calculei a capacidade de frear do carro dele. Não terá tempo!

O canteiro se aproximava perigosamente.

— O que está fazendo?! — gritou Pedro.

— É agora ou nunca! Tecla D!

— 11 metros!

— Segurem-se!

— Au! Au! Au!

— NÃO!

No último instante o detetive enfiou o pé no freio e girou o volante para a esquerda.

O pneu dianteiro dobrou-se guinchando, passou a menos de um palmo da ponta do triângulo, o carro oscilou, saiu de lado, os quatro pneus queimaram no asfalto. Bateu de lado num meio-fio. Ele desacelerou, voltou à pista e adiante diminuiu a velocidade para não mergulhar na caçamba de um caminhão de lixo parado no acostamento.

Como Euclides calculou, os freios do carro do Gordo não foram suficientes, não pôde desviar-se do canteiro a tempo.

Entrou bem de frente, o canteiro cresceu por baixo do carro jogando as quatro rodas longe, o fundo arriou no cimento áspero e o carro foi se arrastando sobre uma grande labareda até parar de encontro a um poste.

4. Invenções malucas

— SÉRIO, GENTE. Dá pra me contar o que tá acontecendo?

Pedro achava Andréa ainda mais linda assim, com os cabelos revoltos, cheios de pontos brilhantes dos cacos de vidro, como uma árvore de natal.

Euclides agora dirigia calmamente por uma rua larga, com o ar concentrado, calado.

— Nos livramos deles. Nos livramos deles — repetia Pedro. — Puxa!

— Deles quem? Por favor...

— Do homem que quer roubar meu tênis.

— Caramba! Aquilo era um ladrão de tênis?

Pedro então explicou a ela seu projeto, a borracha inventada por seu tio, a pesquisa e a tentativa do Gordo em roubar tudo e patentear em seu nome.

— Agora as coisas estão fazendo sentido — disse ela. — Aqueles dois que tentaram te pegar na saída do colégio. O pessoal comentou.

— Pois é. Por isso andei me escondendo.

— Nem pra ligar.

— Tem razão. Desculpe. Mas estava sem cabeça.

— O pessoal não quer dividir a nota do trabalho com você.

— Não vou morrer de preocupação por causa disso.

— Depois que souberem o que aconteceu talvez mudem de ideia.

— E você? Agora explique como...

De repente o detetive deu uma freada brusca. Andréa foi para a frente e Pedro segurou sua cabeça. Ficou meio sem jeito, sentindo seu perfume, e tirou um caco de vidro.

Euclides parou junto ao meio-fio, desligou o carro e ficou olhando para o vazio:

— Preciso tomar... — ele disse — ... preciso tomar... — repetiu.

— Uma providência? — ajudou Pedro.

— Não. Uma água tônica.

Havia um bar na esquina, com mesas e cadeiras na porta, vazio. Apenas um casal de bêbados, olhando para os próprios copos, sem assunto.

Pedro e Andréa pediram suco. Euclides tomou uma água tônica gelada com limão. Ninguém falava nada. Estavam tentando se acalmar.

Por fim Pedro quebrou o silêncio:

— E agora?

O detetive pareceu voltar a si e sorriu:

— Estamos tranquilos. Ele ficou sem carro.

— Isso é verdade.

O Supertênis

— Conseguirá outro, claro.

— É.

Olhou para o relógio:

— São dez e quarenta e cinco, Pedro. Ligue pra casa e dê uma desculpa. Você não pode voltar.

— E vamos pra onde?

— Boa pergunta.

— Posso fazer uma sugestão?

— Faça.

— Estamos no caminho para a casa do meu tio. Podemos dormir lá. De qualquer forma, seria bom levar o protótipo do Supertênis para apresentá-lo no escritório de patentes.

— Não lembra de ter feito nenhuma referência a Mariano nas fichas da biblioteca, coisas como endereço, telefone, ou mesmo apenas seu nome completo?

— Não. Nada.

— Então está certo.

Pedro pegou o celular para fazer uma ligação, mas teve de se levantar e ir atrás do sinal.

Disse a seu pai que estava na casa do Guilherme e que ia dormir por lá. Depois avisou o Guilherme. Em seguida ligou para o tio. Quando voltou para a mesa, Andréa perguntou:

— Ainda tem crédito? O meu está sem.

— Toma.

Foi a vez da garota levantar e ir telefonar.

No carro, antes de dar a partida, Euclides virou para trás e perguntou:

— Onde você mora, Andréa?

— Por quê?

— Ora... vou deixá-la em casa.

— Em casa não.

— Então onde quer ficar?

— Com vocês.

— Mas...

— O telefonema que dei. Foi para a minha mãe. Disse que ia dormir na casa de uma amiga.

— Não acho que seja uma boa...

— Escutem vocês dois. Tenho catorze anos e acho a porcaria da minha vida uma coisa bem monótona. Pensam que vou sair no meio de uma aventura dessas?

Euclides e Pedro se olharam, indecisos.

Ela deu uma palmada no ombro de cada um:

— Nem morta. Vamos embora!

O carro seguia por uma rua larga, acompanhando a linha férrea que levava aos subúrbios. O detetive ia calado, pensativo. Pedro também.

Agora que as coisas haviam se acalmado, tomara de fato consciência de que Andréa, a menina mais linda da sala, do colégio, estava ali, no banco de trás.

Loura, cabelos cheios, encaracolados, um pouco abaixo dos ombros. Uns olhos pretos redondos, com longas pestanas e aquela boca sempre vermelha e macia que quando sorria formava duas covinhas nos cantos. Estava com um jeans apertado, com rasgões nos joelhos, tênis preto e uma camiseta branca, sem mangas.

Estudavam juntos havia dois anos mas não tinham a menor intimidade. Pedro se sentia inibido, sem coragem nem de olhar para trás.

Ela também ia em silêncio, catando e jogando pela janela os cacos de vidro que encontrava sobre o banco traseiro e entre os pelos de Luca, com medo de que ele engolisse.

Pouco mais de meia hora depois entraram no bairro de Mariano e Pedro preocupou-se em achar a rua. Nunca chegara lá de noite e sentiu-se confuso. A referência era uma antiga fábrica de papelão desativada, que todos por lá conheciam. Seu tio era vizinho dela.

Perguntaram a dois homens que encontraram perambulando por uma rua escura, mas estavam tão bêbados que não sabiam nem o caminho de casa. Por fim pararam diante de um portão onde uma velha catava pulgas de um vira-lata.

— Sabe onde fica a velha fábrica de papelão? — gritou Pedro.

— Meta-se com a sua vida! — ela respondeu.

Andréa riu.

— Acho que ela é surda — disse Euclides. — Deve ter entendido outra coisa. Melhor chegar mais perto.

Pedro saltou e foi falar com ela:

— Minha senhora...

— Não amola, você! Então estou fazendo um papelão, não é, moleque?!

— Mas não é isso! — berrou Pedro.

— É. É meu serviço sim! Se eu não catar o coitado, quem vai catar?

— Eu só queria...

— Minha filha? Ela não faz nada.

— A velha fábrica, perto da favela...

— É claro que sou mais velha. É minha filha, o que há com você?

— Como faço pra chegar no morro!

— Me livrar do cachorro?!

— Eu não disse que...

— Ah, quer uísque? Logo vi. Está bêbado!

— Deixa pra lá. Pode deixar!

— É. Vai se queixar. Que se dane.

Pedro deu as costas e viu Euclides e Andréa passando mal de tanto rir dentro do carro. A velha continuou a catar pulgas, mas uma voz de homem, muito rouca, saiu de dentro da casa, pelas frestas da janela de madeira:

— Vá até o fim da rua... dobre à direita, contorne o posto de gasolina e siga reto até o fim.

— Obrigado! — gritou Pedro.

— Safado é você! — respondeu a velha.

Ao contornar o posto, Pedro reconheceu o lugar e dali em diante foi fácil encontrar a casa do tio.

Era a última da rua, logo depois surgia o imenso galpão abandonado da fábrica de papelão e, ao fundo, um morro baixo com as centenas de luzes de uma pequena favela.

O Supertênis 51

— É aquela — apontou ele.

Uma casa pequena, com uma estranha extensão cilíndrica no telhado, colada a um grande retângulo de alvenaria coberto com telhas de amianto, no centro de um terreno barreado, entulhado de trastes, como um ferro-velho.

Em toda a volta do terreno havia um muro baixo, com uma porção de buracos nos tijolos e coberto de pichações.

Havia um pequeno portão de ferro enferrujado, com um interfone no canto. Pedro apertou a campainha e esperou. Pouco depois ouviram uma voz metálica:

— Por favor, coloque o polegar no painel para a identificação.

Pedro colocou o dedo sobre o pequeno quadrado de vidro fosco no muro e o portão abriu-se.

Euclides ficou muito admirado:

— Identificação por impressão digital é uma tecnologia muito sofisticada.

— É brincadeira dele. Está nos olhando lá da janela.

Mariano apareceu na porta para recebê-los. Era muito baixo e magro, meio curvo para a frente, como se o corpo não aguentasse o peso das coisas que lhe passavam pela cabeça.

Era careca da orelha para cima, depois o cabelo, muito branco e fino, lhe escorria até os ombros. Para completar a figura, óculos de lentes muito grossas, presas por uma armação grudada com esparadrapo, e um cachimbo enorme, fumegante como chaminé de olaria.

Vestia um guarda-pó que algum dia devia ter sido branco.

— Tio, esses são meus amigos. Desculpe a hora. Tivemos uns problemas. Eu explico.

— Pra... prazer.

Mariano não era exatamente gago. Tinha apenas dificuldades nas primeiras sílabas de cada frase.

— E... e... entrem. Entrem.

— O que eu faço com Luca? — perguntou Andréa, com o cachorro no colo.

— Pode soltar aqui fora — disse Pedro. — Ele gosta de perseguir as velhas ratazanas.

Era uma sala comum, como tantas outras, um sofá, uma poltrona e uma tevê no canto, sobre uma mesinha meio bamba. Só que três peixes coloridos nadavam tranquilamente por trás do tubo de imagens.

— Que lindo — disse Andréa.

— A... a... assistir tevê me deixava nervoso — explicou. — Per... percebi que o que... o que eu gostava mesmo era de ficar em frente a ela. Mas fiquem à vontade.

Mariano desabou na poltrona e os três acomodaram-se no sofá.

— Tio, deixe eu apresentar meus amigos. Essa aqui é a Andréa, lá da minha sala.

— Oi.

— Ma... mas é linda.

— E este é Euclides. Ele é detetive.

— Como está?

— De... de... detetive? Pa... particular?

O Supertênis 53

— É... É.

Euclides ficou preocupado. Fora gago na infância e vivia com medo de uma recaída.

— E... e... então temos problemas mesmo não é, sobrinho?

Pedro afinal teve de contar ao tio sobre o Gordo, mas escondeu as piores partes, como a perseguição, o sequestro e o tiro. Disse apenas que tiveram a ideia de passar o fim de semana ali porque era um lugar desconhecido para o bandido.

— E podemos ir todos juntos tirar a patente, segunda--feira bem cedo. Com a proteção aqui de Euclides — concluiu.

— Po... po... por mim está ótimo. A... a casa é pequena mas o coração é grande. Do... domingo podemos até fazer um churrasco. Que... quero testar a churrasqueira-musical que inventei.

— Como é? — interessou-se Euclides.

— Pensei em aproveitar essas músicas barulhentas que se ouvem nas rádios para alguma coisa útil. Consegui criar um conversor de ondas sonoras em calor. Conectei então um rádio a uma grelha. É só ligar o aparelho e colocar a carne na grelha. Se quiser bem passado é só aumentar o volume.

Quando Mariano falava de suas invenções seus olhos brilhavam e parava de gaguejar.

— Que interessante — disse Andréa, fascinada.

— Acho que será um sucesso — completou o detetive. — Há sempre muita música barulhenta nos churrascos, de qualquer forma.

— E se precisar apenas de um fogo brando, para um grelhado, por exemplo, pode-se usar a música clássica.

— Combina perfeitamente.

— Penso também em exportar para os países frios, em forma de aquecedor. No inverno, a neve caindo lá fora, os apartamentos aquecidos pelo jazz.

— Muito bom.

— Tio?

— Si... sim?

— Já falei tanto pra eles sobre o Supertênis, acho que gostariam de ver.

— Cla... cla... claro... Venham comigo.

Havia três portas na sala. Uma era a da entrada, a outra dava para um corredor estreito que levava ao quarto, banheiro e cozinha e uma terceira, pela qual passaram e entraram no grande galpão coberto com amianto.

Ali era a oficina de Mariano.

Pedro ficou calado em um canto, sorrindo.

A primeira reação de quem entrava naquele lugar era sempre a mesma: espanto completo e curiosidade.

Mesmo ele, que a frequentava desde menino, nunca se cansava de admirar a imaginação e a paixão pelo trabalho do tio. E era a ele que as pessoas "normais", com suas vidas tão pouco criativas, chamavam de "louco".

Euclides conteve sua admiração cruzando as mãos atrás das costas e examinando tudo detalhadamente. Às vezes balançava a cabeça, admirado, desconcertado.

Mas Andréa ficou completamente maluca. Pegou Mariano pelo braço e arrastou o coitado de um lado para o outro, perguntando para que serviam várias daquelas coisas.

A oficina era um amplo galpão, com uns vinte metros ou mais de extensão por uns dez de largura. Havia apenas uma outra porta, na parede oposta à da sala. A luz entrava por basculantes encardidos e duas telhas transparentes.

A um canto, uma comprida mesa, com mais de quatro metros de comprimento, com dezenas de ferramentas espalhadas em cima, martelos, serras, tornos, furadeiras, molas, chaves, etc.

Ao lado da mesa um grande botijão ligado à máquina de solda. Mais adiante uma bancada com milhares de componentes eletrônicos, chips, válvulas, fios, painéis, alto-falantes, etc.

E, espalhados pelos cantos, todos os cantos, e umas por cima das outras, as invenções. Dezenas. Centenas delas.

Tudo recendia a fumo de cachimbo.

Pedro sentou-se num pequeno banco e esperou que o tio desse algumas explicações a Andréa.

— O que é isso? — ela perguntava. — Pra que serve?

— É um guarda-chuva com farol no cabo e luz alerta nas pontas... pra andar na chuva à noite.

— E isso?

— Uma mala de viagem. Adaptei essas duas pernas mecânicas aqui embaixo, vê, e instalei um pequeno motor que as faz andar. Há um controle do ritmo de passos para acompanhar o usuário da mala.

— E ali... são pranchas de surfe?!

— É. Aquela, transparente, pra ver os peixinhos embaixo, e saber se não se está sobre um fundo de coral.

— E essa outra? É espelhada embaixo!

— O tubarão vê seu próprio reflexo, pensa que é outro tubarão, e não ataca.

— Uma bicicleta! O que é isso aqui no bagageiro?

— Uma cafeteira. Aproveitei o calor gerado pelo atrito da catraca para fazer a água ferver. O ciclista pode tomar um café quentinho enquanto pedala.

— E aquilo ali pendurado no teto? Parecem pernas de aranha gigante!

— Isso ainda está em fase de estudo. São limpadores de para-brisa gigantes. São de abrir e fechar, como aqueles metros de carpinteiro. São instalados e funcionarão como os limpadores normais, mas na chuva o motorista poderá acioná-los para se abrirem e cobrirem toda a extensão do veículo. Daí é só jogar um pouco de sabão no capô e eles lavarão o carro.

— Impressionante.

— Aqui... um robô! Funciona?

— Este não. Foi só um teste.

— Ah.

— Mas depois fiz um que funcionou. Programei-o para comprar o pão e o jornal de manhã.

— Onde ele está?

— Foi roubado pelos traficantes da favela. Dizem que está lá no morro, metido no comércio de drogas.

— Sinto muito. E essa máquina aqui? Parece um tanque de lavar roupa.

— Não. O tanque de fato é aquele lá, acoplado à bicicleta ergométrica. Enquanto a pessoa passa o sabão na parte de cima, e esfrega, com os pedais vai girando a roupa na água, embaixo. Esfregar, torcer e passar roupa só desenvolve os músculos dos braços. Com a minha invenção o corpo das donas de casa ficará mais harmonioso. Nem precisarão ir à academia.

— Tudo bem. Mas então pra que serve esta?

— Reciclar fraldas descartáveis.

— É?

— Certa vez vi o vira-lata da vizinha comendo uma fralda descartável suja de cocô de recém-nascido. É uma coisa meio nojenta de explicar.

— Pode falar.

— É um cocô muito nutritivo, à base de leite puro... para cachorros, é claro. É só jogar a fralda suja aqui, a máquina separa o plástico e tritura só as partes naturais, algodão e cocô, daí os desidrata e transforma em biscoitos secos. Pelo menos o cachorro da vizinha adora. Por falar em cocô, veja o que acabei de inventar.

— Parece uma lata de spray comum...

— É um desintegrador. Aí dentro tem um ácido especial. A pessoa está passeando com seu cachorro, ele faz cocô na calçada... basta um jato desse spray pra coisa se desfazer completamente.

— Maravilha!

— E esse rádio?

— Bem, é uma variação da churrasqueira-musical. Um rádio-pipoqueira. A música se transforma em calor, coloca-se o milho aqui neste cilindro de vidro e pronto. Será um sucesso nos piqueniques.

— Tio... — cortou Pedro.

Aquilo podia durar a noite toda e estava aflito para mostrar o Supertênis.

— Ah... si... sim. A... ali na estante.

Abriu a caixa de papelão devagar e o colocou sobre a mesa:

— Aqui está ele.

5. O superbeijo

— CHOCANTE! — exclamou Andréa. — Lindo!

— Já está completo? — perguntou o detetive. — Funcionando?

— Este protótipo já está pronto há algum tempo, e Pedro o tem testado bastante — falou Mariano. — Mas precisei rever todo o sistema de segurança, para evitar acidentes.

Era um tênis muito colorido, de cano longo.

A sola preta, com riscos horizontais amarelos, grossa, duas polegadas da tal Borracha de Impacto Progressivo, com mais uma polegada no calcanhar.

Da sola para cima, também em BIP, subiam triângulos tortos em amarelo, imitando labaredas, sobre um fundo cinza-escuro.

Nas duas extremidades, um reforço grosso em BIP vermelho.

Na ponta da frente do pé direito, embutido no reforço, o pequeno farol e embaixo minúsculas células fotoelétricas: os sensores antitopada e cocô.

Na parte de cima do reforço dianteiro um painel com relógio digital, medidor de pressão sanguínea e altímetro, todos com alarme.

Seguindo pelo lado esquerdo, primeiro um pequeno botão para acionar o ar-condicionado antichulé: um miniexaustor ligado a um sistema de tubos que percorriam todo o interior do tênis. Em seguida um barômetro com escala vertical, acoplado a um sistema interno com pelo de carneiro que fazia acender uma luz vermelha quando fosse chover no dia seguinte.

Do lado direito apenas uma barra vermelha horizontal de uns dez centímetros e, próximo ao calcanhar, o pequeno compartimento da bateria.

O reforço em BIP traseiro era destacável. Havia pequenas luzes de alerta sobre ele. Por baixo, um lugar para guardar tesourinha de unha dobrável e uma bateria sobressalente.

O pé esquerdo apresentava os mesmos componentes, faróis, sensores, luzes de alerta, etc.

Na parte superior do reforço dianteiro um velocímetro, um medidor de quilometragem e o marcador da balança.

À direita o botão do ar-condicionado, um termômetro interno de formato circular, uma calculadora e um pequeno painel de rádio AM/FM. Por fim, um buraco de apontador.

Sobre o reforço traseiro as luzes de alerta e, embaixo, dois plugues de ouvido para o rádio, que funcionava sem fio, a bateria sobressalente e um minicanivete, com abridor de refrigerante, lâmina e pinça para tirar espinhos.

Do lado esquerdo, o compartimento da bateria e a barra vermelha horizontal.

Os cadarços eram de fios de neon, para poder amarrá-los no escuro.

Enquanto Pedro ia apontando e explicando, Andréa os virava e revirava, fascinada.

— E veja como é por dentro — emendou Pedro. — Todo forrado com aderente de meia, pra ela não correr pro calcanhar.

Andréa estava maravilhada:

— É incrível!

— E praticamente pode-se voar com ele — completou Mariano, cheio de orgulho.

— É — contou Pedro. — Já testei. Com seis pulos atravessei um campo de futebol.

— Não é possível! — ela não acreditava mesmo.

— É sim, Andréa — Euclides olhava para o teto, alisando o cavanhaque, calculando. — Se a BIP pula sempre o dobro da distância... no primeiro, de um metro, Pedro parou a três. Daí dá o seguinte, para a sete. Depois a quinze e assim por diante.

— Mas desse jeito ele é capaz de atravessar o Brasil...

— Com uns vinte pulos. Mas há um problema. Lá pelo décimo terceiro salto você estará no ar por dois mil e quarenta e oito metros. Isso é um voo!

— Impossível, claro — esclareceu Mariano. — Ninguém aqui está pensando em atravessar o Brasil pulando, ou ficar saltando de um continente pro outro sem se molhar.

Há um limite, lógico. Por isso a parte da segurança foi a mais trabalhosa.

— A partir de certa altura a pessoa pode se esborrachar toda — disse Andréa.

— Sim, embora a BIP tenha um tremendo poder de amortecimento. É realmente impressionante. Ela absorve 60% do impacto, armazenando a energia da queda e a liberando em forma de salto.

— E estas duas placas horizontais vermelhas aqui... vejam — mostrou Pedro.

Ele então bateu com a parte de dentro dos calcanhares, uma contra a outra. As placas saltaram, armando duas asas retráteis de dois palmos cada uma.

Andréa soltou um gritinho de espanto.

— Aprendi por experiência própria, depois de muitos tombos, que do quinto pulo em diante preciso de uma maneira de estabilizar o "voo". Aí bato os calcanhares e estas "asas" funcionam como planadores.

— Outra dúvida — voltou Euclides. — Como se faz pra parar essa coisa?

— É — lembrou Andréa. — Senão você acaba saindo do sistema solar.

Pedro virou o par de tênis com as solas para cima:

— Os primeiros quatro centímetros são de borracha comum. Quando quero parar é só pisar com as pontas dos pés.

— E se quiser usar o tênis normalmente, sem sair pulando por aí?

— Ele vem com uma Palmilha Externa Aderente, Andréa. Uma borracha comum, como uma segunda sola, que você tira quando quiser saltar.

— Ahhh.

— Certo — voltou Euclides. — E quanto à resistência ao peso? A BIP pode quicar o dobro da distância mesmo com uma pessoa em cima?

Mariano deu uma baforada:

— Não sei como explicar, mas esse tipo maluco de borracha também se adapta às resistências. Uma escala proporcional. Não posso colocar um edifício em cima desse tênis e esperar que quique. Mas posso aumentar a densidade da BIP de acordo com o peso.

— Quando o freguês chegar na sapataria pedirá o Supertênis pelo seu número e peso — emendou Pedro.

— Haverá umas três ou quatro densidades de BIP para cada número de pé — concluiu o tio.

Euclides bateu palmas:

— Certo. Estou satisfeito. Isso é uma maravilha!

— Eu quero um — disse Andréa.

— Esse é o problema — riu Pedro. — Temos de tirar a patente pra poder vender a ideia a uma dessas fábricas de tênis e ele ser lançado no mercado.

— Tu.. tu... tudo bem. Aqui estamos seguros. O... o detetive gostaria de uma demonstração da BIP?

— Mu... muito.

Seguiram então Mariano até a extremidade da oficina.

Ao lado da porta de saída havia um caixote de bolas, do tamanho das de tênis, e, colado à parede, um tubo de plástico transparente de uns dez centímetros de diâmetro por quatro de altura. Ao lado do tubo uma fita métrica, em toda a sua extensão.

O tubo encostava no chão. A vinte centímetros de altura havia uma pequena abertura. Mariano jogou ali umas das bolas pretas do caixote.

Ela desceu pelo tubo e quicou no chão.

Daí subiu até a marca dos quarenta centímetros e caiu de novo. Quicou e subiu a oitenta. E assim por diante até Mariano colocar a mão no buraco e segurá-la:

— Não quero que fure o teto de novo.

Andréa ficou mexendo nas bolas, admirada.

Pedro voltou a guardar o Supertênis na caixa.

Euclides não resistiu:

— Por acaso não teria um outro desses? — perguntou a Mariano.

— Tam... também gosta?

— Saí de casa pensando que não ia demorar. Vê-lo fumando está me dando uma vontade danada.

— Ve... venha. Te... tenho uma coleção de cachimbos. E aproveitamos para discutir algumas questões matemáticas.

Pedro viu o tio e o detetive saírem da oficina num papo animado e ficou nervoso.

Sentiu que ia acontecer, era o que queria, mas teve um medo terrível. Ficar a sós com ela. Não sabia nem o que pensar,

O Supertênis 65

quanto mais falar. Por sorte uma das bolas escapou das mãos de Andréa e começou a quicar enlouquecida pela oficina.

Os dois gritavam, rindo:

— Pega!

— Ali!

— Segura!

— Daquele lado!

— Mais pra lá!

— Agora!

Por fim Pedro a alcançou, pouco antes de atingir uma das pranchas de surfe.

— Teria quebrado — ele disse, ofegante. — Essas bolas são maciças, muito pesadas, e quando estão quicando então, cheias de energia...

— Melhor deixá-las lá quietinhas, no caixote. Pedro...

— Oi?

— A gente falou tanto do Supertênis. Fiquei supercuriosa. Queria ver funcionando.

— Acho que posso arranjar isso.

— Agora? — os olhos dela brilharam.

— É. No galpão aí do lado.

Saíram pela porta dos fundos, atravessaram o terreno e passaram para o vizinho através de um portão de madeira improvisado na cerca de arame farpado e lascas de bambu.

Pararam diante de uma enorme construção. Uns dez metros de altura, por mais de cem de comprimento, com um teto abobadado de amianto.

— Esta foi a maior fábrica de papelão do Estado — explicou Pedro. — De uns anos pra cá começou a ter problemas, até que faliu. Meu tio fez uma proposta e eles aceitaram: continua pagando a luz e usa o galpão pra testar seus inventos.

O grande portão de aço estava só encostado. Pedro avançou no escuro até o interruptor. Quando as luzes se acenderam, Andréa ficou admirada.

Por dentro ainda parecia maior. E havia folhas de papelão, milhares delas, em pilhas espalhadas por todo canto.

— Na fase de testes elas me salvaram várias vezes de quebrar o pescoço — disse Pedro.

Abriu a caixa que carregava embaixo do braço e tirou novamente o Supertênis e o calçou.

Andréa sentou numa pequena pilha de papelão, com os olhos muito abertos.

Pedro juntou os pés, riu, acenou para ela e pulou para a frente... e não parou mais! No quarto pulo em diante já parecia voar pelo galpão! Controlava perfeitamente os saltos! Abria os braços e as pernas em pleno ar! Fingia estar se esborrachando contra as telhas de amianto! Caminhava no ar! Quicava até nas paredes! Deu cambalhotas, saltos triplos mortais! Imitou o Super-Homem esticando os braços para a frente!

Para Andréa era uma visão de sonho... as luzes fluorescentes... Pedro atravessando o imenso galpão de lá pra cá, pelo ar, ricocheteando por todo lado como uma bola de fliperama.

Por fim ele pousou suavemente a seu lado, sorrindo, muito suado. Sentou ao lado dela, tirou o Supertênis e ofereceu:

O Supertênis 67

— Tome. Calce.

— Eu!? — espantou-se Andréa.

— Tudo bem. Esse par foi feito especialmente pra mim... e nós temos mais ou menos o mesmo tamanho e peso. Não tem perigo.

— Mas eu...

— Sério. É superlegal. Não tem perigo mesmo. Você vai dar só uns pulinhos... baixos.

Pedro ajudou a calçar... e ficou segurando os pés dela tempo demais... e se sentiu encabulado. Mas nunca tinha visto pés tão lindos.

— Pronto — ele disse. — Vamos verificar os controles.

Ela estava de pé, paralisada, como se cimentada no chão.

— Relaxe. Olhe aqui, para a ponta do pé direito.

Andréa olhou.

— Isso mede a pressão sanguínea. A sua está normal. Só se preocupe se o ponteiro entrar nessa faixa amarela. Se atingir a vermelha, pare imediatamente.

— Certo.

— Esse aqui do lado é o mostrador mais importante. O altímetro. Toda vez que seu pulo chegar à altura máxima, se-gundos antes da nova queda, aparecerá em números digitais a quantos metros você está do chão.

— Tudo bem.

— Fique sempre de olho nele. Não se esqueça de que no próximo pulo você vai chegar ao dobro do que estiver marcado.

— Caramba. É mesmo.

— Não tem grilo. É só ir controlando com as pontas dos pés. Logo você pega a prática. Mas como é a primeira vez, mantenha uma média de três metros no altímetro.

— Mas aí eu vou a seis!

— Isso. Seis é um bom limite pra você por enquanto. Mas aí amortece com a ponta dos pés e volta a três, entendeu?

— Senão eu vou a doze e me arrebento toda.

— É.

— Certo.

— Ah, muito importante pra você também é esse botão aqui.

— O que é?

— O ar-condicionado antichulé.

— Bobo.

— Legal. Acho que já está pronta. Estou vendo aqui na balança que a gente pesa quase a mesma coisa, e como vão ser pulos pequenos não precisa consultar a tabela, verificar densidade óssea, resistência de articulações e todas essas coisas. E você vai ficar impressionada como a BIP absorve o impacto.

— Tem certeza de que não vou quebrar os dedos quando quiser parar?

— Até seis metros pode parar de repente. Depois, é preciso ir diminuindo os pulos aos poucos.

— E as asas?

— As asas... bem. Aí já é meio complicado. Mas você pode tentar... se se sentir segura.

— É só bater com um pé no outro...

O Supertênis 69

— Isso. Olha, é claro que você vai estar pulando pra frente... quando as asas se abrem a gente começa a planar, não muito, depende da altura, e acaba indo sempre um pouco mais longe do que imaginou.

— É melhor deixar pra lá?

— Na primeira vez...

— Certo. Esquece.

— Vamos lá?

— Pedro?

— Oi.

— Se alguma coisa der errado você avisa a minha família e diz que eu gostava muito deles, apesar de tudo?

— Boba.

Andréa foi se arrastando lentamente até o portão de aço da entrada, com medo de sair pulando e acabar na Lua. Daí encostou as costas nele e parou, o coração batendo forte.

— Junte os pés e pule pra frente. Não é difícil — riu Pedro, sentado sobre uma grande pilha de papelão.

Ela respirou fundo, dobrou os joelhos e deu um pulo ridículo, uns dois palmos. Foi parar a um metro e soltou um grito.

No pulo seguinte subiu dois metros e perdeu o controle.

— A direção! Olhe a direção! — gritou Pedro.

Andréa levantou a cabeça. Estava indo direto para a parede direita do galpão.

— Pise mais forte com o pé esquerdo! Suspenda um pouco o direito!

Ela fez isso e seu corpo virou para a esquerda. Assustou-se. Um pouco mais e teria se estatelado contra um basculante imundo, cheio de vidros quebrados.

Viu que atingira quatro metros e pousou com a ponta dos pés. No seguinte voltou a dois. Depois a quatro novamente. Desceu a três... e então foi a seis!

Gritou:

— Iuuuu! ESTOU VOANDO!

Pedro esticou-se sobre o papelão, cruzou as mãos atrás da cabeça e ficou assistindo.

Quando ela atingiu a parede oposta ao portão de aço, do outro lado do galpão, já controlava os saltos. Pousou na ponta dos pés e não pulou, girou o corpo e voltou.

E ficou gritando e pulando pelo galpão de um lado para o outro. O cabelo esvoaçante flutuando no ar. Como uma fada, pensou Pedro.

Ela passava por ele acenando:

— Iááááuuuuuuuuuuu!

— Olha eu AQUI!

Lá pela décima volta, quando atingiu os seis metros, resolveu bater os pés.

Pedro viu as asas se abrindo.

Ela tremeu com o impacto do ar e perdeu o rumo. Seu corpo recebeu uma torção para a esquerda. Abriu os braços assustada... não ia cair onde planejara! Estava indo muito para a frente! Ia...

Pedro a viu no alto e ficou parado, sem ação.

O Supertênis 71

Viu quando ela chegou, como um anjo.

Caiu por cima dele. Rolaram embolados na pilha de papelão e terminaram no chão.

Ficaram tempo demais abraçados, até que levantaram para sacudir a poeira.

— Acho que me empolguei — ela disse.

— Acontece.

Voltaram para a oficina de Mariano estranhamente calados. Pedro tornou a guardar o Supertênis.

— Andréa...

— Oi?

— No telhado. Aqui em cima...

— Que que tem?

— Meu tio fez um observatório. Tem um telescópio lá.

— Jura?

— Quer ver?

— Vamos!

Saíram pela porta dos fundos, deram a volta por trás da oficina até uma escada externa, estreita, que levava ao telhado.

— É aquele cilindro lá.

— Vi quando chegamos. Pensei que fosse uma chaminé.

— Meu tio escondeu o observatório dos curiosos. A vizinhança já o considera maluco, não quis exagerar. E os traficantes também podiam pensar que ele estava espionando.

Subiram. Pedro na frente.

O cilindro era na verdade um polígono fechado de catorze lados, feito com pranchas de madeira de uns vinte centímetros de largura. Media dois metros de altura e menos de dois de diâmetro.

O teto era coberto por uma espécie de toldo de lona que Pedro descobriu.

No centro o tripé com o telescópio. Ele o armou e apontou-o para o céu.

Era uma noite estrelada, sem nuvens.

— Vamos começar por Vênus, que é mais fácil de encontrar.

— Você entende de planetas? — admirou-se Andréa.

— E estrelas, satélites, luas, cometas... meu tio me ensinou muita coisa.

— Ele é uma figura.

— Pouca gente o leva a sério. Acham que é maluco.

— Se fosse gerente de um banco, contando o dinheiro dos outros, ou político, ou padre... aí iam dizer que era um sujeito normal.

— Ainda bem que nem todos são "normais". A gente ainda não teria saído das cavernas.

Colocou o olho direito no pequeno visor e procurou Vênus no céu:

— A essa hora, quase meia-noite, ele costuma estar... ah! Lá está! Veja!

Andréa chegou perto, e quando seus cabelos roçaram o pescoço de Pedro ele se arrepiou todo.

— Está vendo? Bem no meio... uma bola...

— É incrível! Vermelho mesmo!

— Dizem que são gases.

— Que droga!

O Supertênis 73

— Droga?! Por quê?

— Ele sempre esteve lá em cima!

— Com certeza.

— Droga! E eu nunca tinha visto! Podia ter morrido sem ver!

— E Vênus não é nada, comparado com Saturno!

Pedro queria impressionar.

— SATURNO?! Jura? DÁ PRA VER SATURNO?!

— Deixa eu procurar.

Andréa recuou e Pedro sentiu novamente seus cachos louros.

— Saturno... — ela repetia. — O meu planeta. O regente do meu signo.

— Você é capricórnio?

— Sou. E você, Pedro?

— Leão.

— Leão?

— É.

— Eu sou terra. Você é fogo. Combina.

Ficaram em silêncio, meio constrangidos. Andréa, vermelha, não podia voltar atrás.

Pedro estremeceu. "Combina?" — pensou. — "Como assim?"

— Achei — disse afinal. — Veja. Saturno!

Quando ele se virou para dar lugar, Andréa já havia avançado e os dois ficaram com os olhos a menos de um palmo. Pedro recuou, confuso.

Ela olhou pelo visor e gritou:

— Mas... não acredito! O QUE É ISSO?!

— Saturno é demais.

— Tem um anel mesmo! É lindo! Já tinha visto em fotos... mas assim, ao vivo...

— Fica em terceira dimensão.

— Caramba... dá uma sensação de solidão. Aquele anel girando, no meio do espaço...

— Também me sinto esquisito. Já passei horas olhando.

— O que será aquele anel?

— Quem sabe são os carros procurando um lugar pra estacionar.

Andréa riu, virou-se e abraçou Pedro, comovida:

— Obrigada. Mesmo. Eu precisava ver isso.

Pedro ficou sem graça:

— Ah... que isso...

Ela se afastou, encabulada:

— Sério, que noite! Só faltava mesmo ver Saturno.

O lugar era apertado. Os dois ali, diante um do outro.

— Andréa...

— Oi?

— De verdade... o que você foi fazer lá naquela praça? Àquela hora da noite?

Ela abaixou a cabeça, ficou brincando com seu colar de conchas, passou a língua pelos lábios:

— Já expliquei.

"Como é bonita."

— É que...

— Você não apareceu nas reuniões nem deu notícia... e disseram que dois homens tentaram te pegar na saída do colégio.

— Isso eu já sei — Pedro forçou. Se estivesse certo...

— Pois é, daí resolvi ir na tua casa à noite, saber o que estava acontecendo. Assim que dobrei a esquina vi você indo para o ponto de táxi. Não sei o que me deu. Resolvi te seguir. Peguei o táxi de trás. Pronto. É isso.

Pedro tremia. Mas controlou-se e fez a pergunta:

— Por quê? Por que me seguiu?

Ela olhou nos olhos dele e ficou aflita porque sentiu que ia falar a verdade!

— Tá legal! Quer saber? Fiquei com ciúmes! É. CIÚMES!

— Ciúmes?

— Não sabe o que é ciúmes, droga? Você estava cheio de mistérios. Não respondia meus recados. Quando te vi saindo de casa, sexta à noite, com um presente na mão...

— Era o embrulho com o pen drive.

— Sei lá. Me deu uma coisa... uma espécie de raiva. Aí segui, segui mesmo! E daí? E quando você entrou na praça e ficou lá sentado no banco, esperando... depois saiu andando, foi por outro lado... eu já não podia mais parar! Fiquei escondida entre as árvores... queria ver a maldita cara da tua namorada!

Pedro riu.

Seu coração pulava dentro do peito.

Não ia dar para parar.

Aconteceria a qualquer momento.

— Aí chegou o bêbado. Depois você se levantou para ir embora e pensei, pronto, o infeliz levou um bolo. Ela não apareceu. Bem feito. Só que você estava com uma carinha tão triste... resolvi sair de trás das árvores e aparecer... sei lá, esta noite estou fazendo tudo por impulso.

Andréa tinha medo de parar de falar.

Pedro viu o brilho de um pequeno caco de vidro entre os cachos louros, junto à orelha direita.

— ... aí o tal Euclides caiu em cima de mim, o cachorro latindo... as coisas não pararam de acontecer e...

Mas acabaram calados, olhando um para o outro.

Pedro tirou o caco de vidro.

Andréa inclinou a cabeça na direção da mão dele e fechou os olhos.

Pedro a segurou pelo pescoço, aproximou o rosto lentamente e também fechou os olhos.

As duas bocas se encontraram. Assustadas.

6. Pipocas explosivas

— PASSA A SOPA.

Nada.

— Passa a sopa, Pedro.

Nada.

Mariano riu.

— Pe... Pedro, passa a sopa pro Euclides.

— Ãh?

— O... o.... onde é que você está com a cabeça?

— Desculpe. Tome.

— Obrigado.

Fora um beijo muito longo.

Inesperado.

Como encostar um fósforo aceso num monte de jornais. Pedro nunca... precisava saber se Andréa já... não, não teria coragem.

Custara a abrir a boca. Talvez tivesse feito tudo errado. Não sabia. Quando sentiu a ponta da língua encostando na sua pensou que ia cair, suas pernas tremiam tanto... depois não se lembrava de muita coisa. Até o tio gritar lá de baixo que a janta estava na mesa.

Andréa tomava a sopa de cabeça baixa, também confusa.

Euclides e Mariano haviam começado uma longa discussão matemática.

Pedro não entendia nada. Seus pensamentos estavam muito longe. Nem sentia o gosto da sopa. Não conseguia pensar sobre o que acabara de acontecer. Só sentir.

Quando, às vezes, esforçava-se para prestar atenção no que diziam, ouvia frases estranhas e desistia.

— Devemos tratar a sequência de números transfinitos como fazemos com a dos números inteiros naturais... admitindo, é claro, a existência de um conjunto alef infinito.

— A... aí teríamos uma nova sucessão de um conjunto maior do que alef infinito, que... quer dizer, um conjunto transtransfinito...

Se levantasse um pouco os olhos veria Andréa. Ela estava sentada bem à sua frente. Mas não tinha coragem.

— O zero não é o nada. Na realidade ele é alguma coisa.

— U... u... um número racional pode ser escrito numa sucessão infinita de dígitos, mas existe sempre uma estrutura discernível.

As coisas estavam acontecendo depressa demais nos últimos dias. Como se algo tivesse se rompido.

— ... todo plano paralelo a um dos bissetores é perpendicular ao outro...

Pedro precisava relaxar.

Precisava deixar que a vida lhe ensinasse as coisas. Precisava aceitar os acontecimentos.

Digerir os fatos, como seu corpo faria com aquela sopa, ou acabaria com uma bruta congestão.

— E... eu po... posso determinar o plano projetante vertical da reta pela própria reta e pela projetante vertical de...

Mas não estava dando pra pensar direito em nada mesmo. Tinha medo até de tirar os olhos da sopa.

— O infinito é um verbo, Mariano, e não um substantivo.

Estavam acabando de comer e teria de fazer algo.

— Pi... Pi... Pi...

— O número pi?

— Na... não. Pi... Pitágoras calculou que...

Mas, o que era aquilo?!

Dedos.

Dedos subindo por sua perna. Dedos subindo por sua perna direita. Por baixo da mesa.

Levantou a cabeça, viu o sorriso capeta de Andréa e sorriu também, aliviado.

Não tiveram mais chance de ficar a sós. Encontraram-se apenas com o olhar, e era o bastante. Não saberiam o que fazer um com o outro.

Às duas da manhã Mariano distribuiu colchonetes para Euclides e Pedro se ajeitarem no chão da sala, Andréa ficou com o sofá.

Apagaram as luzes.

No escuro, logo ouviram o ronco suave do detetive.

Pedro custou a dormir.

Sonhou então com o colégio, descendo a longa escadaria interna, uma sensação de felicidade indescritível, ia encontrando os amigos e os abraçava, até que o diretor o pegou pelo braço e sacudiu. Pedro não queria ouvir o que ele dizia.

Acordou com Euclides apertando seu braço e falando no ouvido:

— Pedro... acorda.

Custou um pouco a entender onde estava. A escuridão era completa. Quando ia falar o detetive tapou-lhe a boca:

— Ele está aí.

Pedro abriu muito os olhos e entendeu tudo.

— Acorde Andréa. Vou avisar o Mariano.

Euclides se afastou rastejando. Pedro fez o mesmo até a menina e deu-lhe um beijo na boca, suave, como um príncipe encantado.

— Não, Pedro... eu não quero... preciso de um tempo... a gente ainda nem — ela foi dizendo, adormecida.

— Acorda. Eles estão aí.

— Quem?

— Eles!

Foi a vez de Andréa despertar completamente e entender o perigo.

Em seguida chegaram Euclides e Mariano, andando de quatro, e reuniram-se no centro da sala.

— Acordei com um motor de carro. Pararam a um quarteirão daqui — sussurrou o detetive. — Estão forçando o portão.

O Supertênis 81

— É... É... o tal homem da biblioteca? Vamos ter uma conversa séria com ele.

— Desculpe, tio, mas não lhe contamos tudo. Ele é violento. Temos de fugir.

— Nada de barulho — disse Euclides. — E fiquem sempre abaixo do nível das janelas.

O portão rangeu.

— Pronto. Passaram — falou Andréa.

— Temos de chegar até o meu carro. Vamos para o fundo da oficina. Em silêncio. Aqui dentro está escuro, ele não pode nos ver.

Euclides abriu a porta que dava para a oficina com um puxão, para que ela não rangesse, atravessaram com dificuldade entre os objetos espalhados, com medo de derrubar alguma coisa e se denunciarem, e acomodaram-se junto à porta que dava para fora. No caminho Pedro pegou a caixa com o Supertênis.

Sem fazer ruído o detetive arrastou um velho arquivo de aço e algumas bugigangas pesadas para servirem de barreira. Ficaram escondidos atrás de tudo aquilo, prestando atenção aos barulhos lá de fora.

— Como ele pode ter nos encontrado?

— Depois pensamos nisso, Pedro — disse Euclides.

Não se escutava nada.

— Assim não se pode saber por onde ele atacará.

Um carro passou na rua.

O silêncio voltou.

Os quatro mal respiravam, atentos aos mínimos ruídos. Nada. O Gordo podia estar em qualquer das janelas ou portas, inclusive aquela atrás deles. E dessa vez na certa já com a arma engatilhada, disposto a tudo.

De repente, um grito!

— Ahhhii!

Um latido. Novo grito!

— Ááááá... Sai! Maldito cachorro!

— Luca! — lembrou Pedro.

— Atacou o Gordo — riu Euclides. — E agora sabemos: está na porta da cozinha.

— Pega o desgraçado! — voltou a gritar o Gordo. Mas ouviram o latido se afastar. — Diabo... deixa pra lá. Vamos entrar!

A porta da cozinha veio abaixo.

Euclides olhou em volta, estudando a situação, em seguida correu até a grande mesa, apanhou uma chave de fenda, pulou sobre o arquivo, alcançou a lâmpada, desenroscou-a e enfiou a ponta da chave no bocal.

Uma pequena explosão, um curto, e o Gordo não poderia mais acender as luzes.

— Ele terá de se virar no escuro — disse o detetive, juntando-se aos outros. Trazia o rádio-pipoqueira embaixo do braço.

— Mariano.

— Si... sim?

— Você é capaz de fazer o som da pipoqueira sair nos alto-falantes, em vez do rádio?

— É... É só inverter os fios que...

— Faça isso.

O Supertênis 83

Ninguém entendeu nada, mas ele não ia perder tempo explicando. Mariano abriu a parte de trás da pipoqueira e com as mãos tremendo mexeu nos fios.

— Tem um pouco de milho por aqui?

Pedro e Andréa se olharam. O detetive teria enlouquecido?

— Na... naquele canto. No... no vidro.

Euclides voou até lá e voltou rápido. Não queria ser surpreendido desprotegido no meio da oficina.

Escutaram o Gordo e seu comparsa pela casa escura, tropeçando nos móveis, derrubando a mesa da cozinha e soltando os palavrões mais cabeludos possíveis.

— Estão perdidos — sussurrou o detetive. — Demorarão a nos encontrar. Se tentássemos correr até o carro podiam nos descobrir e atirar pela janela. Melhor não correr riscos. Acabarão entrando aqui na oficina... aí vou distraí-los até vocês chegarem ao meu carro. Pedro.

— Oi?

— Aqui. Tome as chaves.

— Certo.

— Mariano.

— E... e... está pronto.

— Ligue. Deixe bem quente.

Euclides abriu o vidro e derramou um punhado de milho na mão direita:

— Estou pronto para eles!

Pedro e Andréa voltaram a se olhar e balançaram a cabeça, preocupados.

Ouviram o Gordo xingando a mãe dos interruptores.

Um relógio caiu no chão a acionou o despertador.

— E... e... estão no meu quarto!

— Já não se importam com o barulho. Ficaram furiosos. Não podemos vacilar.

Um barulho metálico, depois pedaços de madeira caindo, um grito e um corpo se esborrachando no chão. Um palavrão.

Euclides olhou para Mariano e levantou o queixo.

— De... de... derrubou as bengalas, tropeçou e caiu. E... estão na sala.

A maçaneta da porta da oficina rodou, lentamente.

— Vai começar a festa — disse Euclides.

Viram uma silhueta gorda e outra baixa e atarracada passando pela porta, empunhando revólveres.

— Parem! Senão atiro! — gritou Euclides, com o punhado de milho na mão, para espanto de todos.

— Você não... — começou a falar o Gordo, avançando devagar.

O detetive jogou seis caroços dentro do cilindro de vidro transparente e aumentou o volume.

Elas estouraram, uma atrás da outra, como uma metralhadora. Os dois bandidos pularam de volta para a sala e bateram a porta.

Euclides sorria.

— E agora? Vamos fugir?

— Ainda não, Pedro. Acho que eles vão...

O Supertênis 85

Não pôde completar a frase. A porta da oficina foi posta abaixo com violência e os dois voltaram, dessa vez usando a pesada mesa da sala como escudo.

E atirando!

As balas batiam no arquivo, nas paredes, resvalavam nos objetos.

Euclides despejou mais milho e empurrou o rádio-pipoqueira para o canto oposto.

Os bandidos ficaram atirando no escuro contra as pipocas enquanto ele olhava em volta, pensando em outra coisa. Pedro, Andréa e Mariano o observavam. Seus olhos pousavam sobre tudo, como moscas, tensos, até que finalmente sorriu.

E então enfiou a mão direita por dentro do paletó.

"Vai sacar uma arma", pensaram.

Mas o que apareceu na mão de Euclides foi uma calculadora.

Os três balançaram a cabeça, quase rindo de aflição.

— Quais as dimensões da oficina, Mariano?

— Quê... quê?

— Altura, largura e profundidade. Rápido!

Mariano passou-lhe os dados. Os tiros pipocavam por todo lado enquanto Euclides olhava para as paredes, depois para o chão, em seguida para a posição dos bandidos, e fazia cálculos.

Por fim apanhou uma bola de BIP na caixa, mediu dois palmos a partir do chão na parede atrás deles, marcou o ponto e jogou a bola ali, com toda a força, em determinado ângulo.

Ela quicou e bateu na parede esquerda, ricocheteou, atravessou a oficina e bateu na parede oposta, então voltou a quicar, bateu no chão, mais uma vez na parede, cada vez com mais força, passou por cima dos dois, quicou na parede atrás deles e voltou com violência bem no meio das costas do Gordo.

Escutaram um grito de dor!

— AAAAAHHH! O que é isso!?

Mas Euclides já atirara uma segunda, e uma terceira, e em seguida uma quarta e quinta... e todas elas ricocheteavam pelas paredes e chão da oficina, passavam por cima da barreira, quicavam na parede que dava para a sala e atingiam os bandidos nas costas, nas pernas, na cabeça, e só se ouviam seus gritos e palavrões.

Eles estavam acuados, sem saber o que os atacava por trás, e com medo de avançar.

— É agora! — disse Euclides.

Pedro abriu a porta atrás deles e saíram correndo.

O detetive ficou ainda jogando bolas na parede e mais milho na pipoqueira. Depois correu para o carro também.

Pedro já dera a partida.

Euclides sentou-se ao volante e olhou para trás. Todos ali. Inclusive Luca, com a língua de fora, feliz, no colo de Andréa.

Saíram rápido, dobraram o quarteirão e viram um carro parado.

Euclides desceu. Colocou a mão na tampa do motor. Estava quente.

— Já viu este carro por aqui, Mariano?

— Na... não.

O detetive tirou um canivete automático do bolso. Uma fina lâmina de quinze centímetros pulou para fora e brilhou sob a luz do poste antes que ele a enterrasse até o cabo no pneu da frente.

7. A Matemática não é uma beleza?

O CARRO DE EUCLIDES CORTAVA A CIDADE à noite e pela segunda vez procuravam um lugar seguro para se esconderem até segunda-feira.

Eram cinco horas da manhã de sábado e estavam meio sem rumo.

Pedro não se importava. Ali, no banco de trás, com Luca dormindo, a caixa do Supertênis ao lado e de mãos dadas com Andréa o mundo parecia um lugar muito interessante, apesar de tudo.

Estavam amassados, maldormidos, assustados... mas levavam o brilho da aventura nos olhos.

Andréa... mais linda do que nunca.

Euclides, absorto em pensamentos, quase se podia ouvir as engrenagens de seu cérebro funcionando.

Já Mariano se encontrava numa situação meio difícil. Os outros haviam dormido de roupa mas ele, surpreendido no meio da noite, estava agora dentro de seu pijama branco de bo-

O Supertênis 89

linhas vermelhas, completamente constrangido. Já haviam rido bastante dele.

Pedro se perguntava como o Gordo descobrira o endereço do tio.

Mariano se dava conta, alarmado, do perigo que corriam e temia pelo que o Gordo poderia fazer com sua oficina, seus inventos.

Andréa só falava em como era emocionante participar de um tiroteio de verdade.

Euclides resolvia equações mentais, fazendo cálculos em voz alta, totalmente incompreensíveis.

Aos poucos a atenção dos três se voltou para ele.

— Euclides, desculpe — disse Pedro —, mas a certa altura pensei que você estava doido.

— Aquela história da pipoca foi demais — riu Andréa.

— Vo... vo... você não usa arma?

— Nunca. Só minha calculadora. E o que encontro em volta.

— Como aquelas bolas de BIP — lembrou Pedro.

— Co... Como conseguiu fazer aquilo?

— É um ramo da Matemática muito útil na minha profissão, a Balística... a ciência que estuda o movimento dos projéteis. Isso, com um pouco de geometria plana, ângulos, relações trigonométricas...

— De... deve ser bom de sinuca.

— Nunca perco.

— E como descobriu que eles estavam chegando?

— Um detetive tem que ter sono leve, Pedro. Ouvi um motor, em marcha lenta demais. Àquela hora da madrugada, num lugar daqueles, todos andam rápido pra chegar em casa... a não ser que estejam procurando um endereço. Me levantei e fiquei espreitando pela janela.

— Não consigo entender como ele nos descobriu.

— É no que tenho pensado.

— Pa... pa... para onde estamos indo?

— Nos esconder, tio.

— A... a... aonde?

— Algum lugar bem seguro.

— Vai ser difícil — disse Andréa. — O senhor com esse pijama chama muito a atenção.

Nova gargalhada.

Depois veio o silêncio. Euclides rodando sem direção. As calçadas desertas da cidade. O céu já clareando.

Andréa pousou a cabeça no ombro de Pedro para cochilar.

— Vamos para o meu escritório — falou Euclides, afinal.

— Si... sim?

— É um prédio comercial. A portaria fica fechada todo o fim de semana. Ainda temos as portas do próprio escritório. E lá me sinto em casa.

— E... e... para comer?

— Podemos pedir umas pizzas.

— Ce... certo.

— Deixaremos a churrasqueira-musical para outra ocasião, Mariano.

— Tu... tu... tudo bem.

— É uma ótima ideia — concordou Pedro. — O escritório de patentes também é no centro da cidade. Poderemos ir a pé até lá segunda-feira e pronto, acabamos com isso!

O Supertênis 91

— Não será muito confortável — concluiu o detetive —, mas é o mais seguro.

— Só não consigo compreender como o Gordo nos encontrou — insistiu Pedro.

— Nem eu. Nem eu — suspirou Euclides.

Subiram e desceram viadutos, contornaram praças, dobraram esquinas... os três já cochilavam quando o detetive freou violentamente.

Pedro pulou, assustado. Mariano quase bateu com a cabeça no vidro da frente. Andréa gritou. Luca latiu.

Euclides deu um soco no volante e praguejou:

— Diabo! É isso!

— O quê?! — gritou Pedro, olhando para os lados.

— Me dá a coleira, Pedro.

— O quê?

— A coleira! Me dá a coleira do Luca!

Pedro desafivelou a larga coleira do cachorro e a passou para o detetive. Ele então a virou pelo avesso e mostrou para todos. Havia um microrrastreador de sinais colado nela.

— O Gordo instalou isso, para o caso de algo sair errado durante o sequestro... o que de fato aconteceu.

Atirou a coleira pela janela e acelerou, rumo ao escritório, assoviando, feliz como uma criança.

Quando o detetive parou o carro no estacionamento os primeiros raios de sol já penetravam por entre as ruas da cidade.

— Pedro — disse ele —, você fica encarregado de comprar pães, queijo, presunto e leite. A dois quarteirões à esquerda há uma padaria. Devem estar abrindo.

— Tudo bem.

— Calculo que nosso amigo Mariano queira chegar logo no escritório, não é?

— Cla... claro.

Riram.

— E Andréa? Vai com Pedro ou conosco?

— Com vocês.

Pedro ficou contrariado.

— Preciso fazer xixi — ela desculpou-se.

Euclides bateu no ombro do menino:

— Vá sozinho, meu amigo. O amor também tem seus limites.

Todos riram.

Pedro esperou uns quinze minutos até a padaria abrir as portas, fez as compras e voltou.

Nos fins de semana não ficava ninguém na portaria, ela permanecia trancada, mas o detetive deixara o grande portão de ferro encostado. Pedro passou e o trancou por dentro.

Os elevadores também estavam parados e teve de subir os dez andares pela escada escura. Ficou com pena do tio.

Chegou arfando ao andar do escritório... e ouviu barulhos estranhos. Colou-se à parede e avançou lentamente até a porta, como uma lagartixa.

Alguma coisa acontecia lá dentro.

Encostou o ouvido na porta.

O Supertênis 93

Luca latia. Objetos caíam. Andréa gritava!

Colocou as compras no chão e olhou em volta. No corredor escuro, junto à lixeira, havia um caixote de papelão com jornais velhos e uma vassoura sem pelo.

Com o cabo na mão, experimentou a porta. Destrancada. Rodou a maçaneta, bem devagar. Respirou fundo e a escancarou de repente, gritando, dando bordoadas no ar!

Quase matou o tio de susto.

Ele estava sentado numa das cadeiras da sala de espera, com seu pijama de bolas vermelhas, lendo calmamente uma revista, justamente tentando se recuperar da subida pela escada, quando Pedro passou por ele gritando, empunhando o cabo de vassoura, e invadiu o escritório, porque era de lá que vinham os gritos de Andréa.

Parou, preparado para desferir um golpe mortal em alguém ou alguma coisa, mas viu foi Luca e Pitágoras, o gato de Euclides, correndo de um lado para o outro.

O cachorro no chão, derrubando cestos e cadeiras, pilhas de livros e papéis, e o gato, pulando sobre mesas e arquivos, espalhando tudo.

Andréa, sentada folheando uma revista, tentava gritar para que parassem. Mas os dois pareciam estar se divertindo muito.

Euclides, com um chumaço de algodão em cada ouvido, trabalhava no computador, completamente concentrado e alheio a tudo.

— Ah, Pedro... vê se consegue fazer o Luca parar — disse a menina.

— Luca! Quieto!

O cachorro atendeu.

Pitágoras ainda tentou provocá-lo, mas Pedro acabou com a farra.

Depois cutucou Euclides.

— O quê?! — ele se espantou, tirando o algodão do ouvido esquerdo.

— Desculpe por isso — Pedro olhou em volta. — Eu arrumo tudo.

— Ah, não precisa. É só eu mudar o programa do pen drive para essa nova organização, lembra?

— É?

— Claro. Não existe bagunça, apenas formas diferentes de arrumação. O importante é encontrar o que se procura.

— Já achou o pen drive?

— Deve estar em algum lugar por aí. Não se preocupe. Pitágoras precisava mesmo de um exercício. Trouxe comida? Estou morto de fome.

A manhã passou calma.

Cada um procurou um canto para se esticar e tirar um cochilo.

Menos Euclides, que continuou digitando furiosamente as teclas de seu computador.

Pitágoras agora dormia profundamente sobre um arquivo, com Luca ressonando a seus pés, sobre uma pilha de papéis espalhados pelo chão.

À uma da tarde pediram duas pizzas gigantes calabresas e fizeram uma votação democrática: Pedro foi escolhido por três votos a favor e apenas um contra, o dele mesmo, para descer e subir os dez andares.

Já estava saindo, desconsolado, quando lembrou do Supertênis.

Voltou, calçou-o e foi pegar a pizza.

Para descer colocou as Palmilhas Externas Aderentes na sola. Se pulasse os lances da escada se arrebentaria contra o teto.

Mas para subir as retirou.

Com as duas pizzas calabresas gigantes, uma em cada mão, pulou com os pés juntos para o primeiro degrau. Foi parar no terceiro, depois no quinto... e daí por diante, controlando com as pontas dos pés, chegou ao décimo andar em poucos pulos, saltando lances inteiros de uma vez.

Enquanto comiam Pedro lembrou que, segunda-feira, quando fossem finalmente registrar a patente, precisariam estar com o pen drive do projeto, que acabara ficando em sua casa.

— E... e... eu não posso ir lá, vestido assim — disse Mariano. Todos riram.

— Eu também não — falou Pedro. — O Gordo me conhece. É muito arriscado.

— E eu acho mais seguro ficar aqui — completou Euclides. — Para proteger vocês.

Olharam para Andréa.

— Tá legal. Tudo bem. Tudo bem.

— É, Andréa — insistiu Pedro. — O Gordo não te viu. Não vai haver problema.

— Mas o que eu faço? Falo o que pra tua mãe?

— Vou ligar pra ela e dizer que continuo na casa do tio aqui. Ele fala no telefone, pra não acharem que estou mentindo. Digo que vou passar o fim de semana com ele e que chamei uns amigos da escola pra fazer um churrasco no domingo... e que você vai passar por lá pra pegar um pen drive meu, pra trazer.

— Certo. E eu ligo pra casa também e digo pra minha mãe que vou ficar na casa da tal amiga.

— É chato mentir.

— Segunda-feira tudo se resolve.

— É isso aí. Não estamos mentindo tanto assim.

— É. Apenas adiando a verdade.

Mariano encostou as duas cadeiras da sala de espera num canto e deitou-se no tapete para descansar.

Euclides voltou para o trabalho misterioso no computador.

Feitos os telefonemas, Pedro explicou a Andréa em que lugar do seu quarto estava o pen drive e a levou até a escada.

— Cuidado.

— Tudo bem, Pedro. Eu sei me virar.

Ele fez carinho em seu queixo:

— Ainda não acredito.

— Bobo.

Ela o abraçou, forte, colando a boca na dele. Depois desceu os degraus, aos pulos, feliz:

— Não façam nada sem mim.

Pedro voltou, devagar, tentando se convencer de que aquilo não era um sonho, entrou ainda meio apalermado e tropeçou no tio, caindo com o joelho sobre a sua barriga. Tentavam ainda se desembolar quando Euclides gritou:

— Consegui! Consegui!

Correram para lá.

Mas o detetive já balançava a cabeça, desanimado:

— Não. Ainda não. Droga. Faltam alguns cálculos.

E voltou a bater no teclado.

Pedro sacudiu os ombros, apanhou uma revista e foi deitar-se no tapete, ao lado do tio.

Cochilaram por uma hora ou mais, até acordarem com o detetive novamente aos berros:

— Agora! Pronto! Consegui!

Foram até lá de novo.

Euclides apontava para a tela do monitor:

— Aí está!

Mariano, sonolento, sentou-se na frente dele:

— E... então?

— Ah, sim... — o detetive olhou como se os estivesse vendo pela primeira vez. — Preciso explicar primeiro...

— Vá em frente — disse Pedro.

Ele se levantou, acendeu o cachimbo junto à janela, espantando alguns pombos. Ela estava com os vidros fechados, o ar-condicionado ligado.

— A Matemática — começou — não precisa guiar-se por certezas absolutas. Isso é um engano. Há setores na Matemática que trabalham justamente com as incertezas... hipóteses, suposições, cálculos aproximados, relatividade, dízimas periódicas...

— Mesmo? — espantou-se Pedro.

— A Matemática não pode prever a passagem de um cometa? Por que não o comportamento de uma pessoa? A questão está apenas em conseguir o maior número de dados. O problema é que as pessoas são instáveis, errantes, possuem o tal livre-arbítrio... mas é aí então que se trabalha com as incertezas.

— Como assim?

— Usando a Matemática das Probabilidades e a Estatística. Durante anos pesquisei nos arquivos da justiça o comportamento de centenas de bandidos, colhi amostras representativas do intervalo de tempo em que agiam, do espaço geográfico em que atuavam, coisas assim... Classifiquei todas essas informações, criei métodos estatísticos próprios, correlações, médias, percentagens... incluí também, claro, minha experiência particular, já de duas décadas... analisei tudo isso durante anos.

— Mu... muito interessante.

Reacendeu o cachimbo, inclinou o corpo para trás e ficou olhando o teto.

— Tenho apenas de recolher o máximo de informações sobre o bandido, principalmente quanto à regularidade com que ataca e sua motivação. Foi o que fiz com o Gordo.

— Cla... claro — Mariano estava maravilhado.

— Como qualquer pessoa, os bandidos agem segundo certos padrões de comportamento, mesmo que à primeira vista pareça uma coisa caótica, e a Matemática já tem formas de lidar com isso, como o cálculo infinitesimal, por exemplo, que permite avaliar os fatos a cada instante, à medida que vão acontecendo.

Mariano balançou a cabeça.

Pedro estava meio confuso.

O Supertênis

— Esses cálculos serão sempre aproximados, claro, é a tal incerteza, mas as margens de erro vão se tornando cada vez menores, como tempo nas provas olímpicas.

— E então? — Pedro ficou ansioso.

Mas Euclides continuava com o olhar perdido, soltando tranquilas baforadas:

— Mas para um fato ocorrer, como um assalto, ou mesmo um simples encontro entre duas pessoas, é preciso que a coordenada do tempo se encontre com a coordenada do espaço.

— Ce... certo.

— O problema com o meu método é que até agora só consegui calcular uma das coordenadas, a do tempo. Quer dizer, sei quando o Gordo atacará novamente, mas não onde. O dia em que puder descobrir a outra coordenada e fizer as duas se cruzarem será o fim dos bandidos.

Pedro não aguentou mais:

— E quando o Gordo atacará?

— Ah, sim... — Euclides apontou o cachimbo para a tela do monitor. — É estranho. Será hoje, às quinze e vinte e cinco.

Pedro olhou o relógio:

— Mas... são três e vin...

Não pôde terminar.

A janela se estilhaçou em mil pedaços, cacos de vidro voaram por todo lado, um corpo passou por cima da mesa, deu uma cambalhota no ar e caiu de pé, no centro da sala.

O baixinho sorria, com uma arma na mão.

— A Matemática não é uma beleza? — comentou Euclides.

8. Pulando sobre os prédios

— CALADOS AÍ! TODO MUNDO! Quem se mexer eu apago! — gritou o homem.

Não chegava a um metro e meio, mas o físico era de um trapezista.

Sempre com a arma apontada, foi andando de costas até a porta da sala de espera e a destrancou.

Foi então que o Gordo finalmente apareceu.

Era mesmo como Pedro o descrevera. E naquele momento sua calça estava mais caída do que nunca, mostrando quase a metade da cueca azul-clara.

Entrou no escritório com passos pesados e sentou-se na cadeira em frente ao detetive, afastando Pedro com um gesto.

O baixinho encostou-se à porta, arma em punho, vigiando o movimento dos três.

Estavam cobertos de hematomas.

O Gordo enxugou o suor da papada com um lenço e olhou em volta:

O Supertênis 101

— Então é isso? Esse menino idiota contratou um detetive para atrapalhar os meus planos.

— E parece que tenho conseguido.

— Onde está o pen drive? Vamos acabar logo com isso.

— Não está aqui.

O Gordo suspirou, balançou a cabeça para os lados e olhou para cima:

— Eu aluguei o helicóptero só por meia hora, compreende? E mesmo assim saiu uma fortuna. Não me faça perder tempo. Me dê logo o maldito pen drive!

— Não está aqui mesmo! — disse Pedro.

— Cale a boca, garoto! Ou leva um tiro na testa!

Pedro engoliu em seco.

— Como nos encontrou? — perguntou Euclides, reacendendo o cachimbo.

— Anotei a placa do seu carro durante a perseguição, aí descobri seu nome e endereço no departamento de trânsito. Não há nada que o dinheiro não compre. Como a portaria estava trancada, arranjei um helicóptero, meu amigo ali amarrou uma corda na beirada do terraço e entrou pela janela. Está satisfeito, herói? Agora me entregue logo o pen drive e ninguém sai ferido.

— Não está aqui — repetiu o detetive.

O Gordo sacou uma arma e apontou para a cabeça de Pedro, furioso, os olhos injetados:

— Vou contar até dez e explodir a cabeça desse infeliz se essa droga de pen drive não aparecer já!

Pedro fechou os olhos.

— Daí escutam o tiro... — disse Euclides, calmamente — e alguém resolve chamar a polícia.

— O prédio está vazio, idiota.

— Talvez não esteja. Muita gente faz plantão nos fins de semana. E o vigia mora no fim do corredor, no andar de cima.

— É mentira!

— Pode ser — sorriu o detetive. — Mas você não vai arriscar. Já deve ter tudo acertado com algum fabricante de tênis. Eles o estão financiando. O microrrastreador que encontrei na coleira do cachorro é muito sofisticado, e caro para quem ganha salário como funcionário de biblioteca.

— Cuide da sua vida!

— Fez algum tipo de acordo escuso com alguém, e teve de prometer que faria a coisa sem deixar rastros. Não pode se meter em nenhuma confusão pra que a patente não possa ser contestada no futuro. Tem de ser um serviço limpo... e você já tem metido os pés pelas mãos...

A mão do Gordo tremeu, seus olhos piscaram, o dedo começou a pressionar o gatilho... mas voltou atrás, vencido. Gritou para o baixinho:

— Amarre-os e reviste tudo.

As duas cadeiras da sala de espera foram arrastadas para o escritório e Pedro e Mariano amarrados pelos pulsos aos braços de madeira.

Euclides foi algemado à sua própria cadeira de aço e afastado da mesa.

O Gordo sentou-se à frente do computador e começou a examinar todos os pen drives espalhados por ali, xingando o monitor cada vez que não encontrava o que queria.

Enquanto isso, seu ajudante, depois de revistar Mariano, Pedro e Euclides, passou a revirar todo o escritório, esvaziar as gavetas no chão, derrubar arquivos, jogar para o alto os livros das estantes.

— Agora acho que terei de arrumar mesmo.

— Cale a boca senão estouro os seus miolos — urrou o Gordo, cada vez mais enfurecido, tirando e colocando pen drives no computador.

Euclides obedeceu, culpando-se por ser capaz de prever o ataque mas não lembrar de fazer nada a respeito.

Mariano estava mudo. Por ele o Gordo podia levar o pen drive. Aquilo não valia uma vida humana. Seu prazer era inventar coisas e não tentar ficar rico com elas. De qualquer forma, estava velho demais para bancar o herói, ainda mais com aquele pijama ridículo.

Pedro pensava apenas numa coisa: conseguir um jeito de avisar Andréa.

Usar o celular... impossível, com eles ali, num espaço tão apertado.

Um bilhete embaixo da porta... como? Com os braços amarrados.

Interfonar para a portaria... mas nem havia porteiro. Andréa levara a chave. Subiria direto.

A única solução seria enviar a ela uma mensagem telepática, uma ideia ridícula, mas como era a única fechou os olhos e ficou repetindo mentalmente... "Andréa... perigo... não venha", "Andréa... perigo... não venha". "Andréa..."

E foi aí que a porta se abriu e ela entrou toda contente, balançando o pen drive no ar:

— Oi gente! Demorei?

O baixinho tomou-lhe o pen drive a mão e encostou o cano da arma em sua nuca. O Gordo levantou-se, rindo.

— Pronto. Acabou a festa. Amarre essa aí também e vamos cair fora.

Andréa perdera a fala. Foi amarrada aos braços da cadeira onde o Gordo sentara.

Este passou por Euclides e apontou-lhe a arma:

— Você bem que merecia uns buraquinhos pelo corpo. Aquelas bolas de borracha doeram um bocado.

— Faz parte do jogo.

— É. Deixa pra lá. Já tenho o que queria. Segunda-feira serei um homem rico. Você estava certo, e em breve saberá qual a multinacional que me financiou. Ela estará fazendo propaganda do Supertênis por todo o planeta... E eu recebendo 5% por cada par vendido. Você me atrapalhou bastante, me fez pedir muito dinheiro a eles para essa maldita perseguição... da próxima vez acertaremos nossas contas.

— Acho bom. Você me deve uma janela.

Antes de bater a porta, rindo, o Gordo ainda gritou:

O Supertênis 105

— Olha, detetive, pra não sair por aí dizendo que sou um sujeito mau, a chave das algemas fica aqui, embaixo do capacho, do lado de fora.

Os quatro ficaram em silêncio por alguns minutos, olhando uns para os outros.

— Desculpem. Eu não sabia...

— Você não teve culpa, Andréa — cortou Pedro. — Não podia imaginar.

— Claro — completou Euclides. — Eu é que fui uma besta. Esqueci a placa do carro.

— Tu... tudo bem, gente. A... a... acontece.

Pedro, desanimado, abaixou a cabeça, viu que ainda estava com o Supertênis no pé e teve vontade de chorar. Não adiantava mais. Se mostrasse apenas o protótipo no escritório de patentes ele é que seria acusado de ter roubado o projeto. De qualquer maneira, amarrados como estavam, só sairiam dali quando as pessoas começassem a chegar no prédio para trabalhar, segunda-feira. Tanto trabalho perdido, não era justo. Não era justo.

— Pedro — chamou Euclides.

— Ãh?

— Saia daí e solte a gente.

— O quê?

— Os braços dessa sua cadeira estão meio soltos. O cupim...

Olhou para os próprios braços. Depois para os pés:

— Por que não me disse antes?!

— Você tentaria fazer alguma bobagem.

Foi de um golpe só.

Os dois braços se soltaram. Em seguida pegou uma espátula sobre a mesa e cortou as cordas.

E então saiu correndo, enquanto os outros gritavam:

— Espere!

— Aonde você vai!?

— Pedro!

— Não faça isso!

— Cuidado!

Eram quatro lances de escada até o terraço. Respirou fundo e deu o primeiro pulo, com os pés juntos, até o segundo degrau.

Dali foi parar no sexto.

Quicou e chegou ao décimo quarto. Ao quicar novamente bateu com a cabeça no teto. Um pouco mais forte teria se machucado seriamente. Amorteceu com as pontas dos pés.

Mais dois ou três pulos e alcançou a porta que dava para a cobertura.

O Gordo, lento, acabara de passar por ela. Abriu apenas uma fresta e o viu, arrastando-se pelo esforço de subir a escada às pressas, indo em direção ao helicóptero.

O baixinho o esperava na direção, com o motor ligado.

As hélices giravam. Precisava calcular bem o pulo para não subir demais e ser cortado ao meio por elas.

O Gordo ainda levava o pen drive na mão.

Abriu a porta e pulou um metro para a frente.

O Supertênis 107

No segundo pulo o baixinho o viu e gritou para o chefe.

Tarde demais. No terceiro pulo Pedro pisou com as pontas dos pés para não quicar de novo e tomou-lhe o pen drive.

Correu na ponta dos pés até sair do raio das hélices e voltou a juntar os pés e a pular, enfiando o pen drive no bolso.

O Gordo gritou, e sacou o revólver!

Mas no terceiro pulo Pedro passou por cima da pequena casa de máquinas do elevador e sumiu.

— Levante voo! — berrou o Gordo. — Vamos atrás dele!

Pedro parara de pular para tentar fugir pela saída de emergência mas ela estava fechada por dentro. Aí levantou a cabeça e viu o helicóptero.

Saltou para a frente. Quicou. Quicou novamente. E os tiros começaram a ricochetear em sua volta.

No quinto pulo atingiu o terraço do prédio vizinho, colado ao de Euclides. Era mais alto e de lá avistou outros edifícios, da mesma altura. Saiu pulando por cima deles.

Tinha de evitar chocar-se com as antenas de tevê.

Ligou os controles.

Verificou a altura que estava atingindo, para não ultrapassar os limites suportáveis pelas articulações dos joelhos.

Lá do alto o Gordo atirava com as duas armas.

Precisou usar as pontas dos pés algumas vezes, para manter os pulos dentro de uma faixa segura... mas continuou avançando por sobre os edifícios... sabendo que...

E então lá estava! O fim do quarteirão!

Não podia parar de pular.

Não dava tempo para tentar fugir por alguma porta ou janela. Se estivesse trancada ele seria um alvo fácil!

Respirou fundo e continuou.

Mais alguns pulos e teria de saltar sobre o abismo... tentar alcançar o prédio do outro lado da rua!

Não havia tempo nem para cálculos.

Pulou uma, duas, três vezes... e saltou no espaço, a quinze andares de altura!

Não podia fechar os olhos. Viu a rua lá embaixo, os carros... e começou a cair! Não ia conseguir!

Bateu então com os calcanhares um no outro. As duas asas se abriram.

Sentiu que estava planando... mas talvez ainda não fosse suficiente. O outro prédio parecia muito longe. Muito longe.

O helicóptero surgiu ameaçador bem a seu lado. O Gordo atirou. As balas passaram bem perto, estilhaçando vidraças no edifício.

Centenas de pessoas já se aglomeravam nas calçadas, apontando para cima.

No último instante Pedro jogou-se para a frente, tentando aumentar o impulso desesperadamente... e conseguiu! Quicou justo na beirada do prédio e subiu de novo, aliviado.

Estava agora num novo quarteirão. Continuou quicando, pulando telhados e antenas, com o helicóptero atrás. Ouviu a sirene da polícia.

Sentia-se mais seguro. Já controlava melhor os saltos. Quando aquele quarteirão chegou ao fim pulou para o seguinte, e continuou assim, quicando sobre os prédios.

Mas de repente avistou os gigantescos outdoors e apavorou-se. Estava indo na direção de uma praça, onde havia cinemas e teatros! Não poderia saltá-la! Se pulasse por sobre os imensos painéis de madeira cairia lá embaixo, de uma altura de vinte andares!

Não podia fazer a volta em pleno ar e recuar. O helicóptero o seguia, cada vez mais próximo.

Não teve tempo nem de pensar.

No último salto pousou com as pontas dos pés e não quicou. Com a freada brusca caiu, rolou e agarrou-se a uns suportes de madeira para não despencar lá de cima.

A manobra foi rápida demais para o helicóptero. As asas bateram numa antena parabólica e ele tombou um pouco para o lado. O baixinho tentou endireitá-lo, mas não era um bom piloto, a parte de baixo se enganchou nuns fios, ele girou para a esquerda, voou de lado uns dez metros, até chocar-se contra um outdoor.

Os dois terminaram pendurados, agarrados à fuselagem, gritando desesperados por socorro.

9. De pijama de bolinhas, não!

PEDRO CUSTOU A SE VER LIVRE DA POLÍCIA, dos bombeiros, dos jornalistas e dos curiosos.

Só três horas mais tarde conseguiu voltar.

Entrou suado, rasgado, arranhado, mas feliz, com o pen drive na mão.

Euclides conseguira ligar a tevê com os dedos do pé e os três, ainda amarrados, assistiam ao noticiário.

— Nem precisa contar — sorriu Andréa.

Pedro inclinou-se e deu-lhe um beijo na boca.

— Bom trabalho, garoto — cumprimentou o detetive. — Recuperou o pen drive, incriminou o Gordo e ainda conseguiu publicidade para o Supertênis.

— Nã... nã... não deixem os jornalistas entrarem — pediu Mariano. — Só... só me faltava aparecer para o Brasil todo com esse maldito pijama.

Pedro beijou a testa do tio.

Depois se aproximou de Euclides, com um nó na garganta:

— Obrigado. Você me ensinou muita coisa. Mesmo. Como posso agradecer o que fez?

— Que tal indo lá pegar as chaves destas malditas algemas?

O Supertênis 111

Saiba mais sobre
Ivan Jaf

NASCIDO NO RIO DE JANEIRO (RJ), Ivan Jaf vive lá até hoje. Precisou parar de rodar pelo mundo para começar a escrever. E ele passa todas as manhãs diante do computador, depois que espanta seu gato, o Sorvete, de cima do teclado.

Quando tinha dez anos, Ivan ganhou uma bola preta, feita de uma borracha dura, que tinha a capacidade de quicar cada vez com mais força. Ele a jogava contra uma parede, e ela batia na outra e voltava, e voltava... Depois de quebrar objetos no apartamento, sua mãe o obrigou a trancá-la na gaveta. Sentindo pena, ele resolveu libertá-la e a jogou pela janela do oitavo andar.

Ivan gosta de imaginar que, depois de alguns anos quicando pelo planeta, cada vez mais alto, sua bolinha a essa altura deve ter saído do sistema solar. Foi ela que o inspirou a escrever este livro.

De leitor a escritor

Ivan Jaf e sua Lexington 80, companheira de trabalho na década de 1980.

Ivan Jaf é carioca, nasceu em 1957 e desde cedo conviveu com a enorme biblioteca do pai, que era advogado e poeta. "Aquelas quatro paredes com estantes até o teto, repletas de livros, eram como um templo sagrado para mim, cheio de mistérios, tesouros e possibilidades infinitas", lembra saudoso.

Leitor voraz desde menino, Ivan é daqueles que preferiam ficar lendo livros enquanto os amigos jogavam bola. "Lia histórias de faroeste com chapéu de caubói e cantil. Gostava tanto de literatura policial que fiz um curso de detetive por correspondência", conta.

Na década de 1970 trancou a faculdade de Comunicação, virou hippie e saiu pelo mundo. Viajou por diversos países da Europa e da América Latina. Em Londres comprou uma máquina de escrever e se descobriu poeta.

De volta ao Rio de Janeiro, em meados dos anos 1980, começou a escrever roteiros de história em quadrinhos de terror e ficção científica, além de livros de bolso com histórias de bangue-bangue. Queria ganhar dinheiro como escritor de livros de ficção.

O público jovem

Foi no começo da década de 1990 que estreou como autor de livros juvenis. *O Supertênis* e a sequência *O robô que virou gente*, ambos publicados pela série Vaga-Lume, foram uns dos primeiros. Depois vieram muitos outros. Hoje já são mais de sessenta livros sobre diversos assuntos: vampiros, história do Brasil, dinossauros, *bullying*, viagens no tempo e ao centro da Terra, corrupção, detetives, injustiça social, a vida das sardinhas...

Ivan fez ainda muitas adaptações e releituras de clássicos da literatura, que se tornaram obras de referência para os jovens, como *Coração das trevas*, *Guerra é guerra*, *Dona Casmurra e seu tigrão* e *Onde fica o Ateneu?*.

Também escreveu para teatro, cinema e fez roteiros de adaptações de clássicos da literatura brasileira para os quadrinhos, como *O guarani*, *Dom Casmurro* e *A escrava Isaura*.

Sobre seu processo criativo e sua maneira de trabalhar, Ivan afirma: "A palavra escrita tornou-se o veículo para conduzir a minha imaginação ao mundo exterior. É com a palavra que as fantasias tomam corpo. E se transformam em livros. E vão se enfiar entre os outros, nas estantes do mundo, e fazer parte daquele templo sagrado que tanto me encantou durante a infância". ●

Conheça outros títulos da série Vaga-Lume!

Edith Modesto
SOS Ararinha-azul
Manobra radical
O senhor da água

Francisco Marins
A aldeia sagrada

Homero Homem
Menino de asas

Ivan Jaf
O robô que virou gente

Jair Vitória
Zezinho, o dono da porquinha preta

José Maviael Monteiro
Os barcos de papel

José Rezende Filho
Tonico

Lourenço Cazarré
A guerra do lanche

Lúcia Machado de Almeida
Aventuras de Xisto
O caso da borboleta Atíria
O escaravelho do diabo
Spharion

Luiz Puntel
Açúcar amargo
Meninos sem pátria

Maria José Dupré
A Ilha Perdida

Marçal Aquino
A turma da rua Quinze

Marcelo Duarte
Deu a louca no tempo
Tem lagartixa no computador

Orígenes Lessa
O feijão e o sonho

Raul Drewnick
Correndo contra o destino
Vencer ou vencer

Rosana Bond
A magia da árvore luminosa
Crescer é uma aventura

Sérsi Bardari
A maldição do tesouro do faraó

Silvia Cintra Franco
Aventura no império do sol
Confusões & calafrios

Sylvio Pereira
A primeira reportagem

Este livro foi composto nas fontes Rooney e Skola Sans
e impresso sobre papel pólen bold 90 g/m².